浮雲心霊奇譚

血縁《けつえん》の理《ことわり》

神永　学

集英社文庫

浮雲心霊奇譚

血縁《けつえん》の理《ことわり》

目次

御霊の理

UKIKUMO
SHINREI-KITAN
KETSUEN NO KOTOWARI
BY MANABU KAMINAGA

本文デザイン……………坂野公一（welle design）
イラストレーション……アオジマイコ

浮雲心霊奇譚

血《けつ》縁《えん》の理《ことわり》

◉登場人物

浮雲《うきくも》……廃墟《はいきょ》となった神社に棲《す》み着く、赤眼《せきがん》の〝憑《つ》きもの落とし〟。

八十八《やそはち》……古くから続く呉服屋の息子。絵師を目指している。

萩原伊織《はぎわらいおり》……武家の娘。可憐《かれん》な少女ながら、剣術をたしなんでいる。

近藤勇《こんどういさみ》……試衛館《しえいかん》という道場の師範。

土方歳三《ひじかたとしぞう》……薬の行商。剣の腕も相当に立つ、謎の男。

玉藻《たまも》……色街の情報に通じる、妖艶な女。

宗次郎《そうじろう》……滅法腕の立つ少年剣士。

御霊の理

UKIKUMO
SHINREI-KITAN
KETSUEN NO KOTOWARI

一

八十八《やそはち》が足を運んだのは、古い神社だった——。

放置されて久しい。

かつて朱色に塗られていたはずの鳥居は、ところどころ塗りが剝げているばかりか、わずかに傾いているようにも見える。

境内には、雑草が生い茂っていて、狛犬《こまいぬ》はびっしりと青い苔《こけ》に覆われている。

この神社には、一人の男が棲《す》みついている。

神主というわけではない。廃墟《はいきょ》となった社《やしろ》を、勝手に根城にしている罰当たりな男だ。

名を浮雲《うきくも》という。

それが本当の名ではない。名乗ろうとしないので、八十八が付けた呼び名だ。

手癖が悪く、女にだらしなく、年中酒ばかり呑《の》んでいる。おおよそ褒めるべきところがない男だが、生業《なりわい》としている憑《つ》きもの落としの腕だけは一流だ。

これまで、幾度となく幽霊にからんだ怪異を解決してきた。

八十八が浮雲と出会ったのも、姉のお小夜《さよ》が幽霊に憑依《ひょうい》された一件がきっかけだった。

今日、八十八がこの場所を訪れたのも、まさに幽霊がらみの事件について相談があったからに他ならない。

——少しくらい掃除をすればいいものを。

八十八は歩みを進め、崩れかけた社の階段を上り、格子戸《こうしど》を開けた。

「あれ？」

いつもなら、社の中で昼間から酒を呑んで自堕落《じだらく》に過ごしているはずだが、今はその姿が見当たらない。

猫又《ねこまた》の一件以来、この社に棲みついた黒猫が、わずかに顔を上げてにゃぁーと鳴いた。

社の中には、いつも持ち歩いている金剛杖《こんごうづえ》も瓢《ひさご》もなかった。

珍しく、どこかに出かけているようだ。

仕方ない。また、改めて顔を出すことにしよう。引き返そうとした八十八の前に、急に誰かが立ちはだかった。

突然のことに、八十八は「わっ！」と声を上げながら尻餅《しりもち》をついた。

「何をびくびくしてやがる」

八十八を見下ろしながら、ぶっきらぼうに言ったのは浮雲だった。

白い着物を着流し、赤い帯を巻いている。肌は着物の色よりなお白い。両眼《りょうめ》は赤い布で覆われている。しかも、その赤い布には墨で眼が描かれている。

「急に現われたら、驚くのは当然じゃないですか」

「何を言ってやがる。おれは、ずっとお前の後ろにいた」

「ずっとって、いつからです？」

「呆《ほう》けた顔で鳥居を潜《くぐ》ったときからだ」

「だったら、声をかけてくれればいいじゃないですか」

八十八が言い募ると、浮雲はふんっと鼻を鳴らして社の中に入って行ってしまう。

「どうして、わざわざ声をかけなきゃならん」

浮雲は、不機嫌そうに言いながら、壁に寄りかかるようにして座ると、両眼を覆った赤い布をはらりと外した。

その下から、緋色《ひいろ》に染まった双眸《そうぼう》が現われる。

浮雲は、両眼を赤い布で覆い、金剛杖を突いて盲人のふりをしているが、実際には見えている。

自らの赤い両眼を隠すために、外を出歩くときは赤い布を巻いているのだ。

しかも、その瞳は、単に赤いだけではなく、他人には見えないもの、死者の魂——つまり幽霊が見えるのだ。

浮雲が、憑きもの落としとして優れているのは、その特異な体質によるところが大きい。

何にしても、八十八からしてみれば、綺麗《きれい》な瞳なのだから、隠す必要はないと思うのだが、そうでない連中の方が多いというのが、浮雲の考えだ。

「で、今日は何の用だ?」

浮雲が、ぐいっと左の眉《まゆ》を吊《つ》り上げるようにして訊《たず》ねてきた。

そうだった。肝心なことを忘れるところだった。

八十八は、社の中に入り、浮雲の向かいに腰を下ろした。

「実は、相談したいことがありまして……」

八十八が切り出すと、浮雲はにたりと笑った。

「相談とは、武家の小娘のことか?」

「違います!」

八十八は、強く否定した。

浮雲が言う武家の小娘とは、萩原《はぎわら》家の娘である伊織《いおり》のことだ。

伊織とは、ある心霊事件をきっかけに知り合った。武家の娘でありながら、呉服屋の倅《せがれ》である八十八などにも、分け隔てなく接してくれる優しい娘だ。

どうも、浮雲は八十八が伊織に恋心を抱《いだ》いていると思っているようで、何かというと、その話を持ち出す。

「何が違うんだ？　お前は、あの娘が嫌いなのか？」

「そういうことじゃありません」

伊織は優しいだけでなく、美しい娘だ。そればかりか、幾度となく命の危機を救ってもらってもいる。

嫌いになる理由など、一つもない。

「じゃあ、どういうことだ？」

「何度も同じことを言わせないで下さい。私と伊織さんとでは、身分が違い過ぎます」

町人風情《ふぜい》が、武家の娘に恋などしていいはずがない。

「まだ、そんなことを言ってんのか。色恋は身分でするもんじゃねぇ」

――また始まった。

理屈は分かるが、現実には、身分違いの恋など許されるものではない。やがて、伊織はどこぞの武家に嫁入りすることになる。

どう足掻《あが》こうと、その事実は変わらない。

「その話はもういいです。それより、今日は幽霊のことで相談に来たんです」

八十八が本題を切り出すと、浮雲が盛大にため息を吐《つ》いた。

「お前は、本当にどこから厄介事《やっかいごと》を拾ってきやがるんだ」

そんなことを言われても困る。

確かに、あちこちで厄介事を拾ってくるのは事実だ。自分のことより、他人の世話を焼いてしまうところがある。

しかし——。

浮雲と出会う前は、これほどまでに、厄介事が転がり込んでくることはなかった。少なくとも、幽霊に関する相談は受けなかった。

そういう意味では、厄介事を呼び寄せているのは、何も八十八だけの責任ではない気がする。

それに——。

「浮雲さんは、憑きもの落としを生業としているのですから、厄介事は望むところでしょ？」

「阿呆《あほう》が」

「どうして阿呆になるのです？」

「おれは、暮らせるだけの金があればいい。この前の一件で、蓄えもできたから、無理に仕事をする気はねぇ」

この前の一件とは、堀口《ほりぐち》家の幽霊騒動のことだろう。

大変な騒動ではあったが、あれで浮雲がかなりの褒美を貰《もら》ったのは事実だ。怠け者の浮雲が、仕事をしたがらないのも当然かもしれない。

「お金目当てでやってるんですか」

「否定はしねぇ。いいか、おれの生業は憑きもの落としだ」

「知ってます。だから、憑きものを落としてほしいと」

「それが阿呆だと言うんだ。生業ってことは、それが仕事ってことだ。つまり、生活をするためにやってることだ」

「生活できているのであれば、無理にやる必要はないと？」

「その通りだ。おれは、大金が欲しいわけじゃねぇ。気ままに暮らしていけるだけの金があればいいんだよ」

得意げに言う浮雲を見ていて、何だか腹が立ってきた。

「見損ないました」

「お前は、おれをどう見ていたんだ？」

「困っている人を、放っておけない情の厚い人だと思っていました」

八十八が口にすると、浮雲はふんっと鼻を鳴らして笑った。

「だとしたら、見誤ってるぜ」

「そうですね。そのことが、痛いほどに分かりました。もう頼みません」

八十八は怒りに任せて立ち上がった。

浮雲が、こんなにも薄情な男だとは思わなかった。浮雲の言葉を借りれば、それこそ見誤っていたのだろう。

「用がないなら、さっさと帰れ」

浮雲が、追い出すように手を払った。

益々《ますます》むっとした八十八は、格子戸を開けて出て行こうとしたのだが、それを遮《さえぎ》るようにすぐ目の前に人が立っていた。

薬の行商人である、土方歳三《ひじかたとしぞう》だった――。

「何をそんなに言い争っているのですか？　外まで聞こえていましたよ」

いつもと変わらぬ人懐こい笑みを浮かべながら、土方が言った。

二

怒りに任せて、そのまま帰るはずだったのだが、土方が訪ねて来たことにより、八十八は再び社の中に座ることになった。

同じように腰を下ろした土方に、言い争いの原因を、問われるままに語って聞かせた。

浮雲は、その最中も、我関せずといった感じで、瓢の酒を盃《さかずき》に注《つ》ぎ、ちびちびと呑んでいる。

その態度が、余計に八十八の怒りを煽《あお》った。

「なるほど。いつものことというわけですね――」

八十八が話し終えると、土方は何が面白いのか、口許《くちもと》を押さえて笑いを堪《こら》えているようだった。

土方にまでからかわれているような気がして、余計に苛立《いらだ》ちが募る。

そんな心情を察してか、土方は咳払《せきばら》いをしてから、改めて八十八に向き直る。

「ちょうど良かったですね」

土方が言った。

「何がです？」

「実は、私も、幽霊がらみの相談を受けましてね。この男に、話を持ち込もうとしていたんですよ」

「そうでしたか。それは、良かったです」

「お前らは、二人揃《そろ》って阿呆か！」

浮雲にしては珍しく、大きな声を出しながら、ばんっと床を叩《たた》く。

眠っていた黒猫が、驚いたらしく、ぴょんと飛び跳ね、そのまますると壁の隙間《すきま》から外に出て行ってしまった。

「どうして阿呆なのですか？」

八十八が問うと、浮雲はうんざりだという風に頭を抱えた。

「考えれば分かるだろうが。お前らは、いけしゃあしゃあと、二人分の依頼をおれに押しつけようとしてやがるんだ。それを、良かったなど阿呆にも程がある」

まあ、確かに「良かった」という言い様《よう》は、阿呆だと言われても仕方ないかもしれない。

「そうへそを曲げないで下さい。謝礼もちゃんと出るわけですし、聞いても損はないと思いますよ」

土方が、やんわりと言うが、浮雲は機嫌を直そうとはしなかった。

「さっき八《はち》にも言ったが、今は懐に余裕がある。お前らのつまらん話に、時間を割《さ》いてやるつもりはねぇ」

まったくもって、やる気がないようだ。

「そんなことを言っていいんですか？　私の依頼は、近藤《こんどう》さんに頼まれたものでもあるんですよ」

土方が、細い目をさらに細めながら言う。

近藤とは、試衛館《しえいかん》の師範である、近藤勇《いさみ》のことだ。

詳しい事情は知らないが、どうも浮雲は近藤に借りがあるらしく、彼からの依頼を断れない節がある。

案の定、浮雲は苦々しい顔で舌打ちをした。

「まったく。近藤の名前を出せば、おれがほいほい依頼を受けるとでも思っているのか?」

浮雲がぎろりと土方を睨《にら》む。

しかし、その程度で、怯《ひる》んでしまう土方ではない。

「では、断りますか? 私から、近藤さんにそう伝えておきますが……」

土方がにたっと笑みを浮かべた。

口をへの字に曲げ、憤然とした表情をしていた浮雲だったが、やがて抵抗することを諦めたのか、ふうっと長いため息を吐いた。

「分かったよ。やればいいんだろ、やれば。ただ、これっきりだぞ。これで、もう充分借りは返したからな」

浮雲が、びっと土方を指差し念押しする。

「そう伝えておきましょう」

土方が、勝ち誇った笑みを浮かべる。

そのやり取りを見て、八十八はほっと胸を撫《な》で下ろす。

「良かった」

言った瞬間、浮雲に睨まれた。

「いつ、お前の依頼を受けると言った？」

「そ、それは……」

確かにそうだ。

土方の一件と、一緒くたに考えていたが、まったく別のものだ。八十八は、近藤から依頼されたわけではないので、貸し借りの話で押し切ることはできない。

「そこを、どうにかお願いできませんか」

八十八が頭を下げる。

「嫌だね。だいたい、八には貸しは山ほどあるが、借りは一つもねぇ」

浮雲がきっぱりと言い切る。

悔しいが、その通りだ。八十八はこれまで、幾度となく浮雲に命を救われている。一方の八十八は、何の役にも立たず、ただ足を引っ張っているだけだ。

「それは、そうなのですが……」

「もし、依頼を受けてほしいなら、それ相応のものが必要だろうが」

「やはり金ですか？」

「金はいい」

さっき、懐に余裕があると言っていたばかりだ。

「では、どうすればいいのですか？」

八十八が訊ねると、浮雲は尖《とが》った顎《あご》に手をやり、何かを企《たくら》んでいるように、ニヤリと笑ってみせた。

「お前が、おれの頼みを聞いてくれるなら、考えてやってもいいぜ」

口調に卑しい響きがある。

もう、嫌な予感しかしないが、一応「頼みとは、何ですか？」と訊ねてみた。

「お前の姉のお小夜と、一夜を共にするってのはどうだ？」

「なっ！」

「あれは、いい女だ」

浮雲が舌舐《したな》めずりをした。

――冗談ではない。

お小夜は、八十八にとって大切な姉だ。それを、浮雲のような女癖の悪い男に差し出すわけにはいかない。

そもそも、そういうことは、お小夜の気持ちがあってのものだ。

八十八が勝手に、決められることではない。

お小夜だって、そんな話を聞いたら、絶対に断るに決まっている――いや、本当にそうだろうか？

非常に嘆かわしいことではあるが、お小夜は、浮雲を好いているように見える。

八十八が、浮雲のことを少しでも悪く言おうものなら、「そんな人ではない」と叱られる始末だ。

浮雲の申し出を聞いたら、受けてしまうかもしれない。

「絶対に駄目です！」

八十八は、強く拒否した。

浮雲とお小夜が、どうにかなるなど、断じてあってはならない。

「そうか。なら、諦めろ」

浮雲が、八十八を追い出すように手を払った。

残念だが、ここは退《ひ》き下がるしかないかもしれない。そう思った矢先、土方が「こういうのはどうでしょう――」と口を挟んできた。

「何です？」

八十八が問うと、土方はにっと嬉《うれ》しそうに笑みを浮かべた。

「これから、一緒に近藤さんのところに行って、八十八さんの抱えている心霊現象を、打ち明けるのです」

「どうして近藤さんに？」

「あの男は、八十八さんに負けないくらい人が好《よ》いんですよ。きっと話を聞いたら、放ってしまえば、近藤は困った人を見捨ててはおけなくなります」

「なるほど！」

八十八は、思わず手を打った。

土方が言うように、近藤は、困っている人を見て、黙っていられない人物だ。きっと、話をすれば聞き入れてくれるだろう。

近藤からの依頼なら、浮雲が受けるということであれば、八十八の依頼を近藤からのものにしてしまえばいいというわけだ。

「何がなるほど——だ！　このど阿呆が！」

浮雲が、八十八を小突いてきた。

「痛っ！」

やり返したいところだが、浮雲相手に余計なことをしたら、何をされるか分かったものではない。

「さ、八十八さん。一緒に近藤さんのところに行きましょう」

土方が立ち上がりながら促す。

八十八も、それに倣《なら》って「そうですね」と腰を上げた。

「お前ら……卑怯《ひきょう》なことを……」

浮雲が、苦々しい顔で睨んでくる。

「卑怯でも何でもありませんよ。それより、どうします?」

土方が、流し目で浮雲を見る。

「あん?」

「時間を浪費するのも面倒ですし、このまま素直に引き受けたら如何《いかが》ですか?」

土方の交渉の巧みさに、思わず感心してしまった。

さすが、行商人といったところかもしれない。

しばらく、怒りに満ちた表情で睨んでいた浮雲だったが、やがて肩を落として長いため息を吐いた。

「分かったよ。受ければいいんだろ。受ければ——」

投げ遣《や》りな態度ではあるが、浮雲は依頼を受ける気になってくれたらしい。

三

「土方さんの受けた依頼というのは、どういうものなのですか?」

歩きながら、八十八は前を行く土方に訊ねた。

あのあと、まずは土方の方の依頼人から話を聞きに行くことになり、こうして歩いている。

取り敢《あ》えず、足を運ぶことになったのはいいが、何も知らないのは、どうにも居心地が悪い。

「少しばかり、妙な話でしてね――」

土方は、前を向いたまま言った。

「何が妙なんだ？」

八十八の隣を歩く浮雲が訊ねる。

いつものように、墨で眼を描いた赤い布で両眼を覆い、金剛杖を突き、盲人のふりをしながら歩いている。

子どものようなふくれっ面《つら》で、依頼を受けることに同意はしたが、乗り気でないのがありありと伝わってきた。

「この先の長屋に、達一郎《たついちろう》という浪人が住んでいます。かつては、名のある武家の家臣だったのですが、色々と素行に問題がありましてね。追い出されたんです」

「問題とは？」

八十八が訊ねると、土方は一度足を止め、わずかに八十八を振り返った。

「主に酒と賭け事ですね。酒に酔うと見境のない男でね。手当たり次第に、喧嘩《けんか》をふっかけてしまうのですよ」

「それは……」

「酒に呑まれるとは、阿呆な男だ」

浮雲が、吐き捨てるように言うと、瓢に直接口をつけて酒を呑んだあと、ぷはっと熱い息を吐きながら、袖で口許を拭う。

酒を呑みながら言うことではない。

だが、浮雲も、昼間から酒を呑んではいるが、それによって前後不覚になったり、暴力を振るうようなことはない。

それどころか、顔色一つ変わらないのだから、相当酒に強いのだろう。

「まあ、そうですね。おまけに、達一郎は賭け事にも、かなり嵌《は》まっていましてね。主家の金を使い込んだことがばれて、追い出されたようです」

土方が、苦笑いを浮かべた。

「絵に描いたような屑《くず》だな」

浮雲が、ぺっと地面に唾《つば》を吐いた。

正直、八十八も同感だ。酒に酔って暴れ、賭け事に没頭して、主家の金に手を付けるなど、おおよそ褒めるべきところがない。

「まあ、そんな達一郎でも、一つだけ取り柄《とえ》があるんですよ」

土方が言う。

「何です?」

「剣の腕だけは、相当なものです。試衛館の門人でもあるのですが、その中でも、頭一つ抜けている感じですね」

土方ほどの男がそう言うのだから、本当に凄《すご》い腕の持ち主なのだろう。

「剣の腕が立っても、飯は食えんだろう」

浮雲が言う。

「いえ。そうでもありません。達一郎は、今は近江屋《おうみや》の用心棒なんかをして、日銭《ひぜに》を稼いでいるようです」

近江屋といえば、両替屋だ。

かなり儲《もう》かっているという噂《うわさ》だが、荒っぽいことをやるという評判もある。何にしても、両替屋なら、腕の立つ用心棒は、喉《のど》から手が出るほど欲しいところだろう。

「で、その屑は、どんな心霊現象に悩んでるんだ？」

浮雲が訊ねる。

「それは、本人から直接聞いた方がいいでしょう。達一郎の住まいは、もうそこです」

そう言うと、土方は再び歩き出した。

八十八も、浮雲と一緒にそのあとに続く。

いくらも行かぬうちに、長屋が建ち並ぶ一角に辿《たど》り着いた。かなり古い長屋で、相当に年季が入っている。

今にも崩れてしまいそうな建物が、幾つもある。

狭い路地を抜け、中程にある部屋の戸の前で土方が足を止めた。

「達一郎さん。いらっしゃいますか」

土方は、声をかけながら戸を開けた。

「ああ。土方さん。本当に来て下さったんですか？　ありがとうございます。何とお礼を言っていいか――」

中から、一人の男が飛び出して来た。

年齢は二十代半ばくらいだろうか。上背があり、きりっと引き締まった顔立ちをした好男子だった。

首には、賽子《さいころ》のような四角い石の付いた紐《ひも》をかけている。

「こちらが、お話ししていた憑きもの落としの先生と、助手の八十八さんです」

土方が紹介すると、達一郎は、「本日は、ご足労頂き、誠にありがとうございます――」と丁寧に頭を下げ、「どうぞ」と中に入るように促してきた。

酒と賭け事で追い出された、という話から、自堕落で粗暴な人物を想像していたのだが、こうも平身低頭、丁重な態度で来られると、戸惑ってしまう。

まあ、ここでそんなことを考えていても仕方ない。

八十八は、土方、浮雲に続いて達一郎の部屋に足を踏み入れた。

長屋なので、狭いことは狭いのだが、独り身の男にしては、よく整理され、掃除も行き届いているように思える。

「何が起きているのか、達一郎さんから、お話し下さい」

全員が腰を落ち着けたところで、土方が促した。

達一郎は「はい」と、一度頭を下げたあと話を始める。

「最初に、異変を感じたのは、十日ばかり前のことです——仕事を終えて、夜家に帰ると、部屋の片隅に櫛《くし》が落ちていたんです」

「櫛？」

八十八は、意味が分からず声を上げた。

達一郎は「ええ」と返事をすると、部屋の隅にある箱を開け、中から紙に包んだものを取り出し、床の上にすっと差し出した。

浮雲がそれを手に取り、紙の包みを外す。

中から出てきたのは、さっき達一郎が言った櫛だった。どこにでも売っているような、安っぽい朱塗りの櫛だ。

「お前が連れ込んだ女が、置き忘れたんじゃねぇのか？」

指先で櫛をくるくると器用に回しながら浮雲が問う。

「それはありません。私は、このように独り身ですから。連れ込むような女もおりませんし……」

「だったら、誰かが部屋を間違えて、ここに置き忘れたのではないのか？」

長屋の部屋は、どれも同じ造りだ。間違えて部屋に入って来るということは、充分に考えられる。

間違えて部屋に入ったが、それに気付き、慌てて出て行くときに落としてしまった――そんな風に浮雲は考えているのだろう。

「これだけなら、私も気にはしません。しかし、他にもまだあるのです」

「何だ？」

「翌日になると、今度はこれが置いてあったんです」

達一郎は、再び箱の中から何かを取り出した。それは、お守りだった。〈半田《はんだ》天神〉と神社の名前が書かれている。

二日連続で、そういうことがあるというのは、確かに気味が悪い。

「盗みに入った誰かが、落としたんじゃねぇのか」

浮雲は、櫛を達一郎に戻しながら言う。

達一郎は、すぐに首を左右に振ってそれを否定した。

「見て分かる通り、うちに盗むものなんて、何にもありませんよ。それに、なくなったものもありませんし」

確かに、部屋の中に盗んで得をする物はなさそうだ。唯一、値段が付きそうなのは刀だが、仕事に出るときは、持って行っていただろうから、それを狙ったということも考え難《にく》い。

「それに、他にもあるんです」

達一郎が、弱々しい声で言った。

浮雲が、先を続けろという風に、顎で促すと、達一郎は大きく頷《うなず》いてから、さらに話を続けた。

「その翌日は、何かが落ちているということはなかったんです。しかし、眠っているときに、ふっと誰かの気配を感じたんです」

「気配？」

「ええ。誰だろうと思って目を覚まして、部屋の中を見たんですが、誰もいない。それで、戸を開けて外を見たんです。そしたら――」

達一郎は、ここで一旦《いったん》言葉を切り、じっと戸の方に目を向けた。

急に空気が重苦しくなったような気がする。

「女が――戸の外に、赤い着物を着た女が立っていたんです――」

「知っている女か？」

浮雲が訊ねる。

「頭巾《ずきん》を被《かぶ》っていたので、顔ははっきりと見えませんでした」

「それで、お前はどうした？」

「恐ろしくはあったのですが、私はすぐに部屋に取って返して、刀を摑《つか》んで外に出たんです。そのときにはもう、女の姿は消えていました――」

腕に覚えのある達一郎だからこそ、そうした行動に出ることができたのだろう。

八十八だったら、怖くて頭から布団にくるまってガタガタと朝まで震えているところだ。

「そのあとも、その女は頻繁に現われるんです。夜、私が眠るのを待って、姿を現わすのです」

達一郎が、助けを請うように浮雲に目を向けた。

「その女は何か言っていなかったか？」

浮雲が、尖った顎に手をやり、墨で描かれた眼で達一郎を見据える。

「言っていました」

「何と言っていた？」

「低く唸《うな》るような声で、許すまじ――と」

それは怖い。

「本当に、その女に覚えはないのか？」

浮雲が問うと、達一郎は、紐に付いた石をぎゅっと摑みながら、首を左右に振った。

「その石は、どうした？」

浮雲が、気になったらしく訊ねる。

「ああ。これは、お守りのようなものです」

「お守り？」

「ええ。勝負運が良くなるお守りで、小間物《こまもの》を売っている行商人から買いました」

「役には立ってなさそうだな」

赤い布で隠していても、浮雲が軽蔑の視線を向けているのが分かった。

そうなるのも頷ける。何せ、賭け事が原因で、達一郎は仕えていた主家を追い出されているのだ。

「まあ、何にしても調べてみるか」

いかにも億劫《おっくう》そうに浮雲が言った。

四

「何とも奇妙な話ですね――」

達一郎の部屋を出たあと、八十八は呟《つぶや》くように言った。

幽霊が、色々と物を置いて行くというのは、なかなか不可思議なことだと思う。櫛だけならまだ分かるが、お守りというのが、どうにも引っかかる。

「そうですね」

後ろを歩いていた土方が、そう応じた。

今度は、八十八の方の依頼人から話を聞くために、歩いているところだ。さっきとは異なり、八十八が先頭に立ち、その隣に浮雲、後ろに土方という並びだ。

「あんなものは、奇妙でも何でもねぇ」

吐き捨てるように言ったのは浮雲だった。

機嫌が悪いらしいことは、口調だけでなく表情からも伝わってきた。

「そこまで言うからには、今回の一件について、何か目星が付いているんですか？」

八十八が訊ねると、浮雲がにっと口の端を吊り上げた。

「まあな」

「どういうことなんですか？」

「急《せ》かすんじゃねぇ」

「そんなこと言われても、気になるじゃないですか」

謎が解けているなら、勿体《もったい》付けずに教えてくれればいいのだ。

「どうせ気にするんなら、こんな下らないことじゃなく、武家の娘の心内《こころうち》にしたらどうだ？」

浮雲がいやらしい笑いを浮かべる。

――またその話か。

八十八は、うんざりして思わずため息を吐いてしまった。

確かに伊織には浮雲が恋仲にけしかけたくなるような魅力がある。剣術を嗜《たしな》んでいて、凛《りん》とした一面も持っている。

どちらの姿も美しく、いつか絵に描きたいとは思っているのだが、なかなかそうした機会がない。

「私などが気にしても、仕方のないことです」

八十八は、きっぱりと言った。

「八はまだ身分がどうだと、つまらぬことを気にしているのか？」

つまらぬことではない。

幕府によって、武家と町人が婚姻を結ぶことは禁じられているのだ。八十八が、そのことを言い募ると、浮雲はふんっと鼻を鳴らして笑った。

「つまらぬ男だ」

「どうして、そうなるのです？」

「どうしてもこうしてもあるか。つまらぬから、つまらぬと言ったんだ。何度も言うが、恋は身分でするもんじゃない。本当に好いているなら、そんなものは関係ない」

「関係ありますよ」

「いいや。ないね。八が本当に恐れているのは身分なんかじゃない。あの娘に、嫌われることだ」

「なっ！」

否定しようとしたのだが、上手《うま》く言葉が出てこなかった。

もし、自分が武家だったら。あるいは、伊織が町人だったら——どうしただろうと考えてしまったからだ。

「八十八さんをからかうのは、それくらいにしたらどうです？」

口を挟んできたのは土方だった。

そうか。浮雲は、自分のことをからかっていたのだ——と今さらのように気付き、思わず苦笑いが漏れた。

「おれは、いつだって本気だ」

浮雲は言葉に反して、にやにやと笑っていた。

「それより、私も知りたいです。あなたは、達一郎さんの一件、どう見ているのですか？」

土方が改まった口調で訊ねた。

そうだった。元は、達一郎の身に起きた心霊現象について話していたのに、いつの間にかすり替わってしまっていたのだ。

「さっきも言ったが、だいたいのところは見当がついた」

浮雲は、きっぱりとそう言い切った。

幽霊を見ることができる浮雲のことだ。ただの強がりではないだろう。もしかしたら、あの長屋で何かを見たのかもしれない。

「詳しく話して下さい」

八十八は、せがんでみたが、浮雲に「そのうちな——」とはぐらかされてしまった。

「そんなことより、達一郎について、一つ訊《き》きたいことがある」

浮雲が、改まった口調で土方に問う。

「何です？」

「達一郎は、酒と賭け事にご執心とのことだが、女の方はどうなんだ？」

あれだけの好男子はなかなかいない。おまけに剣の腕が立つとなれば、黙っていても、女の方から寄って来そうだ。

「さあ？　その辺りは、私もよく分かりませんね」

土方が答える。

「少し、調べてみてくれ」

「分かりました」

「あの……それが、何かかかわりがあるのですか？」

八十八が口を挟むと、浮雲はげんなりしたように肩を落とした。

「それを確かめるために調べるんだろうが」

「そうか」

「まったく。結論を急く癖に、女のことになると、いつまでもうじうじしやがって」

今度は、八十八の方がげんなりする番だった。

すぐにそうやって色恋の話にしたがる。反論しようかと思ったが止《や》めておいた。どうせ、また伊織の話を持ち出して、あれこれ言われるだけだ。

それより——。

「達一郎さんは、本当に酒や賭け事に目がないのですか？」

話を逸《そ》らす意味もあったが、その部分が引っかかっていたのは事実だ。

八十八の目からは、達一郎は、真面目《まじめ》で礼儀正しく、柔和な人物に見えた。

「それが、酒や賭け事の恐ろしいところですよ」

土方がしみじみと言った。

「え？」

「普段は大人しく、真面目な達一郎でさえ、羽目を外して失敗をしてしまう。酒や賭け事には、そうした魔力のようなものがあるのですよ」

「そういうものですか……」

八十八は、酒も賭け事もやらないので、あまり実感が湧かない。

「そういうものです」

土方の言葉には、実感が籠《こ》もっているように思えた。

もしかしたら、土方もまた、酒や賭け事で大きな失敗をしたことがあるのだろうか？

「まあ、女も同じだがな」

唐突に浮雲が言う。

「女？」

「そう。女もまた、人を狂わす魔力を持っている」

浮雲は、どうあっても色恋に話を持って行きたいようだ。きっと浮雲は、そのうち女に刺されて死ぬに違いない。

五

「こんにちは」

八十八は、小間物問屋である八幡屋《はちまんや》の暖簾《のれん》を潜った。

「おう、八十八さん。来て下さったんですね」

番頭である弥助《やすけ》が声を上げた。

四十がらみの男で、恰幅《かっぷく》がよく、憎めない顔立ちをしている。

八十八に、心霊現象の相談を持ちかけてきたのは弥助だ。もちろん、独断ではなく、主《あるじ》である宗吉郎《そうきちろう》の意をうけてだ。

「こちらが、憑きもの落としの先生で、浮雲さんです」

八十八が紹介すると、「どうも」と挨拶《あいさつ》した弥助だったが、浮雲の風貌《ふうぼう》を見て、ぎょっとした顔をする。

両眼を、墨で眼を描いた赤い布で覆っている浮雲の姿は、八十八から見ても不気味だ。

普通に赤い眼を晒《さら》していた方がいいと思うのだが、浮雲は頑《かたく》なにそれを拒んでいる。

おそらく、過去に相当嫌な思いをしたのだろう。

「安心して下さい。浮雲さんの腕は、私が保証します」

八十八は、胸を張って言う。

「見てくれはこんなですが、八十八さんの言う通り、腕は間違いありませんよ」

後押しするように言ったのは土方だった。

弥助は、土方のことを知っていたらしく、「薬屋さんが言うなら、間違いないですね」と応じた。

行商人だけあって、さすがの顔の広さだ。

「詳しいことは、旦那《だんな》様がお話ししますので――」

弥助は、お鶴《つる》という女中を呼んだ。

お鶴の案内で、八十八たちは奥の座敷に足を運んだ。

一度、引っ込んだお鶴だったが、すぐに茶を持って戻って来た。それぞれに、茶を出し、丁寧に頭を下げて出て行った。

入れ替わるようにして、主人である宗吉郎が入って来た。

角張った顔立ちで、一見すると粗野な印象だが、実際は細やかな気配りのできる人物で、八幡屋が大きくなったのも、宗吉郎の手腕によるところが大きい。

「お忙しい中、わざわざご足労頂き、ありがとうございます」

宗吉郎は、深々と頭を下げてからその場に座った。

「それで、この家では、どんな心霊現象が起きているんだ？」

切り出したのは浮雲だった。

お鶴が出したお茶には、手をつけようともせず、瓢の酒を盃に注ぎ、景気づけとばかりに、ぐいっと一息に呷《あお》る。

「実は、倅の吉次郎《きちじろう》の様子がおかしいのです……」

銷沈《しょうちん》した様子で、宗吉郎が切り出した。

半田天神ともいい、あまり大きな神社ではないが、毎年、この時期に祭りが行われている。

八十八は相槌《あいづち》を打った。

「ああ。ありましたね」

「少し前に、御霊《ごりよう》神社で祭りがあったのですが――」

「おかしいとは？」


「倅は、その祭りに出かけたのですが、夜になってもなかなか帰って来ない。心配にな
って様子を見に行ったのですが、そのとき、どういうわけか、吉次郎は杉の大木の前で、
気を失っていたんです」

「ご無事だったのですか？」

八十八が問うと、宗吉郎は「はい」と頷いたものの、その表情はどこか曇っている。

「幸いにして、吉次郎はすぐに目を覚ましました。何があったのか訊ねてみたのですが、
何でもないの一点張りで……」

宗吉郎は、ぐっと下唇を嚙《か》んだ。

「そのあとどうなった？」

浮雲が、瓢の酒を盃に注ぎながら訊ねる。

これだけ憔悴《しようすい》している宗吉郎を前に、よくもまあ平然と酒が呑めるものだと逆に感

心してしまう。

「はい。家に帰ってから、しばらくは何でもなかったのですが、ある夜、吉次郎が部屋からいなくなっていることに気付いたのです」

「いなくなった？」

「はい。散々、捜し回ったのですが見つからず、大騒ぎになりましたが、いつの間にか部屋に戻って寝ていまして……」

「本人に、そのことは訊ねたのか？」

そう訊きながら、浮雲は盃の酒を、ずずっと音を立てて啜《すす》った。

「もちろんです。しかし、吉次郎は部屋を出てなどいない――とこう言うわけです」

「それは妙ですね」

土方が言う。

八十八も同感だった。現にいなくなっているのだ。にもかかわらず、本人はそのことをまったく覚えていない――というのは不自然だ。

「そんなことが、幾度も続きまして……私としても、放っておけないので、二日ほど前、番頭の弥助と、寝ずに吉次郎の様子を窺《うかが》うことにしたんです」

「それで？」

浮雲が先を促す。

「夜になって、吉次郎が部屋から出て来ました。私は、弥助と一緒に、気付かれないようにそのあとをつけました。すると——」

「御霊神社に入って行った」

浮雲が、先を読むように言った。

その途端、宗吉郎は、ひっくり返らんばかりに驚いた。

「ど、どうしてお分かりになるのですか！　千里眼か何かでしょうか！」

興奮気味にまくし立てる宗吉郎を見て、浮雲がふっと笑った。

「千里眼でも何でもない。話を聞いていれば、それくらいのことは、容易に想像がつく」

浮雲の言う通りだ。

さすがに、今回は八十八でも御霊神社ではないかと察することができた。

「お見それいたしました。吉次郎は、御霊神社に入って行ったのです。しかし、そのあと、姿を見失ってしまいまして……」

宗吉郎は、ふうっと長いため息を吐いた。

「なるほど。息子が足を運んでいるのが、御霊神社となると、どうにも嫌な予感がする——と、そういうわけだな」

浮雲の言葉に、宗吉郎が「はい」と頷いた。

「確かに御霊神社となると、嫌な感じがしますね」

土方がポツリと言った。

「どうして、御霊神社だと嫌な感じなのです？」

八十八は気になったことを口にした。

神社には、神宮社や明神社《みょうじんしゃ》など色々とあるのは知っているが、どうして御霊神社に拘《こだわ》るのかが、よく分からなかった。

「阿呆が」

言ったのは浮雲だった。

いかにも莫迦《ばか》にした感じが、八十八の苛立ちを煽る。

「別に、浮雲さんには訊いてません」

八十八が言い返すと、浮雲はちっと舌打ちをした。

答えを求め、八十八は土方に目を向ける。土方は、分かったという風に、頷いてから話を始める。

「御霊神社は、読んで字の如《ごと》く、怨霊《おんりよう》を祀《まつ》っているんですよ」

「怨霊！」

八十八は、思わず大きな声が出てしまった。

「私も詳しい経緯《いきさつ》は知りませんが、御霊と名の付く神社は、全てそうなのです」

全然、知らなかった。

そういえば、以前にも浮雲とこういった話をしたことがある。

昔からある神社仏閣を、普段からそれが何に由来するのかも分からず、崇《あが》め奉ってしまっているところがある。

何にしても、怨霊を祀っている神社に、吉次郎が出入りしているとなると、心配になって当然だ。

おまけに、吉次郎はそのことをまったく覚えていないのだとしたら、尚《なお》のことだ。

「この通りです。大変なことが起こる前に、何とかして頂けないでしょうか——」

宗吉郎が、畳に擦《こす》りつけるようにして頭を下げた。

「面《おもて》を上げろ」

浮雲が言うと、宗吉郎がはっと顔を上げた。

「何とかして下さるのですか？」

「何とかできるかどうかは、分からん。ただ、やるだけはやってみよう。無論、相応の報酬は貰うぞ」

「もちろんでございます」

「では、まず手始めに、お前の倅の吉次郎を呼んで来い」

浮雲がそう促すと、宗吉郎は「はい」と明るい声で返事をして、部屋を出て行った。

ちゃんと依頼を受ける気になったのはいいが——。

「お金は取るんですね」

八十八が言うと、浮雲が墨の眼でギロリと睨んできた。

「文句があるのか？」

「懐は余裕があると言っていたではないですか」

「蓄えが大事なんだよ。貰えるもんは、貰えるときに貰っておく」

だったら、最初から文句を言わずに依頼を受ければ良かったのに——と思いはしたが、口に出すことはなかった。

そうしたことを言うと、浮雲が決まって女の話にすり替えてしまう。

などと考えていると、再び襖《ふすま》が開き、宗吉郎が吉次郎を従えて部屋に入って来た。

吉次郎は、八十八と同じ歳《とし》くらいのはずだ。だが、父親とは異なり、線が細く、色白なせいか、若干幼く見える。

どこか女っぽい感じがしてしまうところもある。

よく見ると、頬に白い粉のようなものが付着していた。

宗吉郎が、吉次郎と並んで座る。

浮雲は、尖った顎に手をやり、墨の眼でじっと二人を見据える。

八十八は、固唾《かたず》を呑んでそれを見守った。

何ら変わった様子のない吉次郎だが、それは八十八から見て——ということに過ぎない。浮雲には、八十八には見えない何かが見えているかもしれない。

じっと黙っていた浮雲だったが、やがて口を開く。

「お前は、夜に御霊神社に行っているということだが、そのことは覚えているか？」

浮雲が訊ねると、吉次郎は、はて？　という風に首を傾《かし》げる。

「思い違いか何かではないでしょうか？　私は、そのようなところには行っていません」

吉次郎は迷いのない口調で言う。

嘘《うそ》を吐いているようには見えない。だが、宗吉郎たちは、神社に足を運ぶ吉次郎を見ている。

もしかしたら、吉次郎は知らず知らずのうちに幽霊に憑依され、自分の意思とは関係なく彷徨《さまよ》い歩いているのかもしれない。

そういえば、以前にそうした事件があったことを、ふと思い出した。

「そうか。では、祭りのあった日に、御霊神社で、誰かに会ったり、何かを見たりしなかったか？」

浮雲が別の問いをぶつける。

「いえ。私には、何のことだかさっぱりで……」

吉次郎は、困ったように眉を下げる。なぜそのようなことを問われるのか分からないといった感じだ。

「そうか。分かった。今日のところは、引き上げるとしよう――」

浮雲は、すっくと立ち上がると、そのまま部屋を出て行ってしまった。

わざわざ呼んだ割に、さして何をすることもなく引き上げてしまったので、宗吉郎は狐《きつね》につままれたような顔をしている。

それは、八十八も同じだった。

「待って下さい」

八十八は、宗吉郎に「また、改めて伺います」と告げてから浮雲を追いかけた。土方も、一緒について来る。

八幡屋を出たところで、浮雲に追いつくことができた。

「あのままでいいんですか？」

八十八が問うと、浮雲は「ああ」と応じる。

浮雲は、既に何かを掴んでいるようだが、何も分からないこっちからすると、堪《たま》ったものではない。

「あの……」

さらに、問いを重ねようとしたが、浮雲がそれを制した。

「歳《とし》。八。お前らに、少し調べてもらいたいことがある」

そう言った浮雲の顔は、自信に満ちていた。

六

八十八が、足を運んだのは近江屋だった――。

別に金を工面してもらおうというわけではない。浮雲に頼まれて、色々と調べるために足を運んだのだ。

暖簾を潜り、中に入ると、番頭と思《おぼ》しき男の姿があった。何やら険しい表情でそろばんを弾《はじ》いている。

その近くで、掃除をしている女中もいた。

「あの――」

八十八が声をかけてみたが、男は聞こえていないらしく、一向に顔を上げようとしない。

女中が、見かねて声をかけてくれた。それで、ようやく男が顔を上げた。

まるで値踏みするように、八十八を頭から爪先まで睨《ね》め回したあと、急ににこっと作り笑いを浮かべた。

「いらっしゃいませ。で、幾らご入り用で？」

「あっ、いや。違うんです。ちょっと、伺いたいことがありまして――」

八十八が慌てて否定すると、途端に男は不機嫌な顔になった。

客でないなら、用はないと言わんばかりの態度だ。商売人として、あまり褒められたものではない。

「何も知りませんよ」

まだ訊ねる前から、そう言うと、男は再びそろばんを弾き始めた。

ここまで態度が悪いと、呆《あき》れてものが言えない。

ただ、ここで帰ってしまっては、あとで浮雲に役立たずだと罵《ののし》られるのが目に見えている。

「そう言わずに、話だけでも聞いて下さい」

返事がなかった。

八十八は、それを同意だと勝手に解釈して、先を続ける。

「最近、近江屋さんでは、何か奇妙なことが起きたりしていませんか？」

「はあ？」

男は、そろばんに目を向けたまま、分からないという風に声を上げる。

さすがに、今の言い方では、何を言っているのか意味が分からなかったのだろう。

「近江屋さんで、幽霊が出たりとか、何か奇妙な現象が起こったりとか、そういうことは、ありませんでしたか？」

「帰ってくれ」

男が突っぱねるように言う。

「え？」

「お札とか売りつけようって魂胆だろ。悪いが、そんなものを相手にしている暇はない」

「いいえ。違うんです。私は……」

「いいから、さっさと帰んな」

男が、ギロリと八十八を睨んだ。

あまりの迫力に、八十八は思わず後退《あとずさ》る。このままここにいたら、酷《ひど》い目に遭わされそうだ。

「失礼しました」

本意ではないが、八十八は一旦近江屋を出た。

——さて、どうしたものか？

話くらい聞かせてもらえると思ったのだが、けんもほろろとは、まさにこのことだ。

そもそも、浮雲の説明が足りないのもいけない。

近江屋で妙なことが起きていないか、訊いて来いとは言われたが、どうして、そんなことをしないといけないのか、皆目見当がつかない。

それが分かっていれば、あの男に、もう少しましな訊き方ができたはずだ。

などと思いはしたが、そんなのは言い訳に過ぎない。このまま手ぶらで帰るわけにはいかない。

何か、別の方法で色々と聞き出すしかなさそうだ。

八十八が、とぼとぼと歩き始めたところで、「あの——」と声をかけられた。

振り返ると、そこには、近江屋にいた女中が立っていた。

こうやって改めて見ると、八十八などより、ずっと若い年齢のようだ。住み込みの奉公人といったところだろうか。

「私ですか？」

八十八が問うと、女中は周りに人がいないかを確認してから、歩み寄って来た。

「さっき、幽霊がどうした——とか言っていましたが、あれはいったいどういうことなんでしょうか？」

女中は、戸惑いを見せつつも訊ねてきた。

これは思わぬところで、近江屋に関する話を聞くことができるかもしれない。

八十八は、今、ある心霊現象を調べていて、もしかしたら、その一件に近江屋がかかわっているかもしれない——というようなことを語って聞かせた。

女中は、真剣に八十八の言葉に耳を傾けていたが、やがて覚悟を決めたように、大きく頷いてから話を始めた。

「実は、気になっていることがあるんです」

「気になっていること？」

「はい。姐《ねえ》さんのことです。あっ、姐さんと言っても、血が繋《つな》がっているわけではなくて、私がそう呼んでいた女中の、お宮《みや》さんのことです」

お宮というのは、この女中が慕っていた、年上の女中のことなのだろう。

「で、そのお宮さんが、どうしたんですか？」

「実は、二十日ほど前に、ぷつりと姿を消してしまったんです」

「姿を消した？」

「はい。昼は普通に働いていたんです。で、夜もそのまま寝ました。でも、朝になったら姿が見えなくなっていたんです」

「どこかに出かけたのでは？」

「それ以来、姐さんは戻って来ていません。私は、神隠しのようなものではないかと思っているんです」

女中は、確信しているかのような口ぶりだった。

一方の八十八は、どうも腑《ふ》に落ちない。

神隠しというのは、忽然《こつぜん》と人が姿を消す現象で、天狗《てんぐ》の仕業《しわざ》なのではないか——と騒がれていたりする。

八十八も、何度かそういう話を聞いたことがある。

だが、天狗の仕業と言われるくらいだから、そういうことが起きるのは、決まって山《やま》間《あい》の里だったり、山林の中だったりする。

江戸の町中でという話は、耳にしたことがない。

「捜したりはしなかったのですか？」

八十八が訊ねると、女中の顔に不安の色が濃くなった。

「それはもう。勝三《かつぞう》さん……あっ、さっきの番頭さんのことです。勝三さんなんかは、店の金が合わないと言い出して。これは、お宮が持ち去ったに違いないってことで、血《ち》眼《まなこ》になって捜しましたよ」

「でも、見つからなかった……」

八十八が言うと、女中はこくりと頷いた。

「姐さんに限って、店の金を持って逃げるようなことはしません」

女中はきっぱりと言ったが、それを鵜呑《うの》みにすることはできない。

八十八が、お宮という女中を知らないというのもあるが、人は、時として思いもよらない行動をとるものだ。

これまで、浮雲と事件を共にしてきて、それを嫌というほど目にしてきた。

お宮の一件も、何かの事情があって、店の金を持ち逃げしたということは、充分に考えられる。

むしろ、神隠しという話より、そちらの方が信じられるのではないだろうか。

何にしても、この女中のお陰で、近江屋についての話が聞き出せたのは大きい。ただ、それが、今回の一件にどう繋がるのかは、まるで分からなかった。

七

「八十八さん——」

声をかけられたとき、八十八は萩原家の前にいた。

浮雲から、日頃の達一郎の様子を聞き出すようにと仰《おお》せつかった。さっき、近江屋から話を聞いたばかりだし、次はどうしたものか——と考えを巡らせ、頭に浮かんだのが伊織のことだった。

剣術を嗜んでいる伊織は、天然理心流《てんねんりしんりゅう》の道場、試衛館に出入りしている。つまり、達一郎と同じ道場だ。

伊織なら、達一郎について、何か知っているかもしれないと、こうして足を運んだところ、運よく家の前で伊織と出会《でくわ》したというわけだ。

「伊織さん。良かった」

八十八は、ほっと胸を撫で下ろしながら言う。

「どうかされたのですか?」

小首を傾げながら伊織が訊ねてくる。

伊織と顔を合わせるときは、稽古《けいこ》着のときが多いが、今日は薄紅色の華やかな着物姿で、その美しさに磨きがかかったような気がする。

「実は、伊織さんにお訊きしたいことがあったんです」

「そうでしたか。立ち話もなんですから、どうぞ中に――」

伊織に招かれて中に入ることになった。

座敷に通され、向かい合って座ったところで、八十八は事の経緯を伊織に話して聞かせた上で、達一郎について訊ねてみた。

「達一郎さんは、本当に凄い腕の持ち主です」

伊織は開口一番に言った。

「そんなに凄いのですか?」

「ええ。ああいうのを天賦の才というのでしょうね。もちろん、日頃の鍛錬も並々ならぬものがありますが」

「ほう」

八十八は、剣術に詳しくないので、凄い凄いと言われても、それがいかほどのものか、いまいちピンとこない。

「近藤さんや沖田《おきた》さんも一目置いているほどです」

「そんなに……」

近藤や宗次郎《そうじろう》の太刀捌《たちさば》きは、目にしたことがある。

片手で武士を放り投げてしまったり、盗賊一味を半分遊びながら蹴散らしたりと、それはもうとんでもない強さだ。

その二人が一目置いているのだとしたら、凄《すさ》まじいまでの腕なのだろう。

「私にも、あれほどの才があれば——と幾度思ったか分かりません」

伊織が遠くを見るように目を細めた。

そこには、強い憧れというか、尊敬の念が込められているようだった。

単純に、剣の腕ということに対してなのか、それとも、それ以外のことも含めての感情なのか、八十八には分からなかった。

まあ、剣の腕だけでなく、あれほどの好男子だ。伊織がそうした感情を抱くことは、むしろ自然なことのように思える。

どういうわけか、胸にもやもやとしたものが浮かび、心が痛んだ。

自分などが、気を揉《も》むことなど一つもないはずなのに――。

こうした気持ちになるということは、もしかしたら、自分は伊織を好いているのだろうか？

いやいやそんなはずはない。

伊織と自分とでは、身分が違い過ぎる。そうした感情が芽生えることなどないと、浮雲に常々言っているのは、八十八自身だ。

「どうかされましたか？」

伊織が、心配そうに八十八の顔を覗《のぞ》き込んできた。

心の底を覗かれたような気がして、八十八は慌ててぴっと背筋を伸ばした。

「いえ。何でもありません。それより、達一郎さんの普段の様子はどうだったか、ご存じありませんか？」

八十八が訊ねると、途端に伊織の表情が曇った。

「達一郎さんは、剣の腕は確かなのですが、その素行について、色々と言われておりまして……」

「お酒とか、賭け事とかですか？」

「ええ。でも……」

「何です？」

「八十八さんは、達一郎さんに会いましたか？」

「はい」

浮雲や土方と、達一郎の長屋を訪れ、顔を合わせている。

「会ってみて、そういった噂についてどう思いましたか？」

「正直、そういう人物には見えませんでした」

それが、八十八の率直な感想だった。

酒の呑み過ぎで前後不覚になり、問題を起こしたり、主家の金に手を付けるほどに、賭け事にのめり込んでいるようには見えなかった。

「そうなんです。私も、同じ考えです。達一郎さんのような、真面目でひたむきな人が、そうしたことに溺《おぼ》れるとは思えません。何かの間違いではないかと思っているんです」

伊織は、さっきとは打って変わり、ぱっと明るい表情を浮かべ、早口に言った。

わずかに、頬が赤らんでいるような気もする。

「しかし、現に仕えていた主家のお金に手を出して、追い出されたのですよね？」

八十八が指摘すると、また伊織の顔が曇った。

「そこなんですよね……」

「伊織さんとしては、納得できていないんですね」

「はい。私は、誰かに騙《だま》されたのではないか――と思うんです」

「騙された？」

「ええ。何者かが、達一郎さんを陥れようとして、策を巡らせたのではないかと。そうでないと、説明がつきません」

力の籠もった伊織の話を聞き、八十八は複雑な気持ちだった。

実際に会ってみて、八十八も達一郎に好感を持ったのは事実だ。あのように、真面目そうな人が、賭け事に嵌まって、主家の金に手を付けたというのは、何とも信じられない。

伊織の言うように、そこに何かしらの策略があったと考えることもできる。

ただ、素直にそれを受け容《い》れられないところもある。

それはおそらく、あまりに伊織が達一郎を褒めるからだろう。

今の口ぶりでは、何だか伊織が達一郎に好意を寄せているように聞こえる。いや、そもそも、そうだったとして、自分が機嫌を損ねるのはお門違《かどちが》いだ。

何にしても、その部分をもう一度、調べてみる必要があるかもしれない。

それが達一郎が体験している心霊現象と、かかわりがあるかどうかは分からないが――。

八

「おう、八。旦那がお待ちだぜ」

馴染《なじ》みの居酒屋、丸熊《まるくま》に顔を出すと、亭主である熊吉《くまきち》が声をかけてきた。

熊吉は、見てくれこそ強面《こわもて》で、名前が表わすように熊のような体格だが、気のいい男で、八十八などは、幼い頃によく遊んでもらった。

丸熊は二階に座敷があるのだが、事件の度に、そこを集合場所として使わせてもらっていたりもする。

「ありがとうございます」

八十八は、礼を言ってから階段を上がり、座敷に顔を出した。

「来たか」

浮雲が、いつものように壁に寄りかかり、片膝《かたひざ》を立てた姿勢で座り、ちびちびと盃の酒を呑んでいる。

摘《つ》まみとして出された大根の煮物に箸《はし》をつけ、「うん」と唸ったりしている姿を見ると、他人に面倒なことを押しつけて、さぼっていたようにしか見えない。

指摘しようかと思ったが、止めておいた。

そんなことをしたところで、どうせ、何だかんだと能書きを垂れて、のらりくらりといなされるだけだ。

「それで、どうだった？」

浮雲が訊ねてくる。

八十八は、近江屋の女中から聞いた話を、仔細《しさい》に語って聞かせた。

珍しく、黙って耳を傾けていた浮雲は、話が全て終わると、「なるほどな――」と呟いた。

一人勝手に納得しているようだが、八十八には、何がなるほどなのか、さっぱり分からない。

問い質《ただ》そうとしたところで、すっと襖が開き、土方が入って来た。

「お集まりですね」

土方は、柔和な笑みを浮かべながら言うと、背負子《しょいこ》を下ろして座った。

「お前の方はどうだったんだ？」

浮雲が訊ねる。

「調べたところによると、達一郎の通っている賭場《とば》は、例の御霊神社の脇にある小屋だそうです」

その話を聞き、八十八は、おやっと思う。

てしまう。

吉次郎が、出入りしている神社の近くとは——偶々《たまたま》なのだろうが、何となく気になっ

「賭場の連中に話を聞いてみたんですがね。達一郎は、結構な額の借金をしているようですね」

土方が、そう続けた。

「まだ懲《こ》りていない——ということですか」

八十八は、げんなりしながらも口にした。

話では、達一郎は賭け事の金欲しさに、仕えていた主家の金に手を付け、追い出されたということだった。

それだけの失敗をしていながら、まだ賭け事を続けているだけでなく、借金までこさえているとなると、もう目も当てられない。

達一郎の顔が頭に浮かぶ。

あれほどまでに、好男子であり、かつ剣術の腕も立つというのに、賭け事で身を滅ぼすなんてもったいない。

そもそも、ああした温和で真面目そうな人物が、賭け事にのめり込むというのが、どうにも信じられない。

「賭け事に嵌まる人というのは、負けても、次に勝てば取り返せると思ってしまうもの

なのです」

土方が言う。

「でも、次に勝てるという保証はありませんよね。また負ければ、損を重ねることになります」

そこが八十八からしてみると解《げ》せないところだ。

「もちろん、その通りです。しかし、負けたままでは終われない——と思ってしまうのですよ」

「剣術とかなら、そういう気持ちになるのは頷けますが、賭け事は運ではないですか」

剣の勝負に負け、そのままでは終われないと切磋琢磨《せっさたくま》し、再び勝負を挑むのであれば、少なからず勝算がある。

しかし、賭け事は所詮《しょせん》賭け事だ。努力したところで、勝てるようになるわけではない。

それなのに、どうして——。

「八十八さんは、面白いことを言いますね」

土方が、楽しそうに笑った。

「何が面白いのです？」

「八十八さんの意見は、ある意味、的を射ています」

「どういうことです？」

「賭場に行ってみると分かるのですが、賭け事に熱中するのは、意外と武士が多かったりするのです」

「そうなんですか？」

賭場のような、怪しげなところに出入りしたことがないので、よく分からないが、土方が言うのだから間違いないだろう。

「ええ。よくも悪くも、武士は負けず嫌いが多い。いくら負け続けても、勝つまで止めないのですよ」

「それで、損をしているのにですか？」

「ええ。もはや損得の話ではなくなってしまうのです。武士というのは、意地っ張りが多いですからね。勝つまで止められないというわけです」

「では、勝ったら止められるのですよね」

「そこが難しいところですね。一度勝つと、今度は次も勝ちたい——となるわけです」

「蟻地獄《ありじごく》ですね」

八十八が言うと、土方が声を上げて笑った。

「本当に上手いことを言う。一度入ったら最後、二度と抜け出せない。そういう類《たぐ》いのものなのですよ」

土方の話を聞いていて、何だか恐ろしくなった。

賭け事に嵌まる人というのは、単に強欲なのだとばかり思っていたが、そういうことでもないようだ。

と、ここで八十八は気持ちを改めた。

知らぬ間に、話が賭博のことになってしまって、肝心なことがすっぽりと抜け落ちていた。

「結局、どういうことなのですか？」

自分たちは、二つの心霊現象を追いかけていたのだ。

浮雲はにいっと笑みを浮かべた。

「お前は、どう思う？」

逆に訊き返されてしまった。

「どうとは？」

「阿呆が」

「阿呆と言う人の方が、阿呆なのです」

八十八は言い返した。

何かにつけて、浮雲は八十八のことを阿呆と罵る。自分で頭がいいとは思わないが、そんなに言われるほど阿呆でもない。

「だったら、偶には自分で謎を解いてみたらどうだ？」

浮雲は、そう言って懐からお守りを取り出し、八十八に向かって放り投げてきた。

「どうして、お守りを？」

「それは、達一郎の長屋にあったものだ」

幽霊が置いて行ったというお守り——ということか。

急に、そのお守りが禍々《まがまが》しいものに思えてきたが、問題はそこではない。浮雲は、八十八の問いに答えていない。

「どうして、これを私に渡したのか——と訊いているんです」

「それがあれば、今回の事件の真相が分かる」

「このお守りで？」

とても、そうとは思えない。

「もちろん、お守りだけじゃない。これまでのことを整理する必要もあるがな」

さっきから、浮雲は何を言っているんだ？

その意図は相変わらず分からないが、浮雲が事件の真相を既に看破していることだけは伝わってきた。

「だから、私はどういうことかと訊ねているんです」

八十八が言い募ると、浮雲がはっと笑った。

「だから、偶には自分で考えてみろ——と言っているんだ」

何だか禅問答のようで、頭が混乱してきた。

九

八十八は、木の陰に隠れるようにして、八幡屋の様子をじっと窺っていた。

――偶には自分で考えてみろ。

浮雲には、そう言われたものの、いくら考えたところで、八十八にはさっぱり分からなかった。

しばらく、押し問答を続けていたのだが、やがて浮雲は、八十八に考えさせることを諦めたらしかった。

だが、だからといって、事件の真相を教えてくれたわけではない。

代わりに、八幡屋の前で様子を窺い、吉次郎が出て来たら、そのあとをつけるように言われた。

何でも、そうすれば、事件の真相が分かるそうだ。

釈然としないことだらけだが、こうなったら、浮雲の指示に従うしかないと覚悟を決め、こうして一人、張り込んでいるというわけだ。

秋も深まってきている。

木の陰で長いことじっとしていたせいで、身体《からだ》が芯から冷えてきた。おまけに、いつ出て来るのか分からない吉次郎を、ただ待つというのは辛《つら》い。

夜も遅くなり、眠気も襲ってきている。

さっきから、あくびが出続けている。はっきり言って、もう限界だ。浮雲に文句を言われるかもしれないが、今日はもう引き上げようか――などと思ったとき、八幡屋から出て来る人影が見えた。

辺りの様子を窺いながら、こそこそとした動きで八十八がいる木の前を通り過ぎて行く。

慌てて木の陰に身を潜めつつも、歩いて行く人の顔に目をやった。

暗くはあったが、月明かりのお陰で、辛《かろ》うじてではあるが、その人相を確認することができた。

あれは、間違いなく吉次郎だ。

八十八は、そのあとを追いかけることにした。

提灯《ちょうちん》を持って歩くわけにもいかないので、あまり離れ過ぎると見失ってしまう。かといって、近付き過ぎれば気付かれてしまう。

焦らず、慎重に、吉次郎の背中を追いかけて歩き続けつつも、八十八は妙だなと感じた。

幽霊に憑依されているにしては、吉次郎の足取りはしっかりしている。彷徨っているというより、目的を持って、どこかに向かっているといった感じだ。

などと考えているうちに、吉次郎は御霊神社の鳥居を潜り、ずんずんと奥に入って行ってしまった。

歩いている方向などで、途中から、何となく察しはついていたが、やはり神社が目的地だったようだ。

夜の神社というのは、何とも不気味だ。

立ち並ぶ杉の木が、闇をより一層、深くしているようにさえ感じられる。

社の前まで来た吉次郎は、何かを気にするように辺りを見回す。

八十八は、慌てて近くにある杉の木の陰に身を隠した。ここで気付かれたりしたら、全てが台無しになる。

気持ちを落ち着けるように、深呼吸したあと、ゆっくりと顔を出して様子を窺う。

――あれ？

さっきまで、社の前にいたはずの吉次郎の姿が見えなくなっていた。

八十八が、杉の木の陰に隠れている間に、どこかに行ってしまったようだ。せっかく、ここまで来たのに、肝心なところで見失ってしまうとは、何とも情けない。

一度は落胆した八十八だったが、すぐに気持ちを切り替えた。

八十八が目を離したのは、そんなに長い時間ではない。遠くへは行っていないはずだ。捜し出すことができるかもしれない。

八十八は、必死に辺りを見回してみたが、暗いせいもあって、なかなか姿を見つけることができなかった。

やっぱり無理か——と諦めかけたとき、一つの考えが浮かんだ。

「社だ……」

吉次郎は、さっき社の前に立っていた。

浮雲のように、この社に入り込んでいるということは、充分に考えられる。

八十八は、社に続く階段を上り、格子戸に手をかけてみたが、開かなかった。それもそのはず、しっかりと施錠されていた。

よくよく考えてみれば、普通、神社の社は神を祀っているのだから、一般の人が出入りできないようにしてある。

浮雲のいる神社は、廃墟であるから、社に自由に出入りできるだけなのだ。

何にしても、完全に見失ってしまった。

これで、また浮雲に、役立たずだ何だと莫迦にされるかと思うとげんなりした。

肩を落とし、とぼとぼと帰ろうとしたところで、誰かに肩を摑まれた。

驚きのあまり悲鳴を上げようとしたが、それを遮るように、口を塞《ふさ》がれてしまった。

何者かが、八十八を拉致《らち》しようとしているのかもしれない。

そう思うと、途端に恐怖がこみ上げてきた。何とかして、この状況を脱しようと、八十八は必死に手足をばたつかせる。

「騒ぐな」

低い声と共に、脳天にごんっと強い衝撃が走った。

あまりに強烈な痛みに、八十八は、思わずその場にしゃがみ込んでしまう。

「おれだよ。おれ――」

聞き慣れた声が降ってきた。

「え？」

顔を上げると、そこには両眼を赤い布で覆った浮雲が立っていた。

肩に金剛杖を担いでいる。

「ど、どうして浮雲さんが……」

「でかい声を出すな」

浮雲が、再び八十八の脳天に拳骨《げんこつ》を落とす。

さっきのより、数段痛い。思わず、目に涙が浮かんだ。

「騒いだら、気付かれちまうだろうが」

浮雲が、舌打ち混じりに言う。

いったい誰に気付かれるというのだろう？　吉次郎だろうか？　だが、肝心の吉次郎はこの辺りにいない。

そもそも、浮雲は、どうしてここにいるのだろう？

「まあいい。行くぞ」

分からないことだらけで、激しく混乱している八十八に、浮雲が言った。

「行くってどちらに？」

訊ねてみたが、浮雲は答えることなく、すたすたと歩き出す。

こうなってしまっては仕方ない。八十八は、よく分からないまま、浮雲のあとについて歩き始めた。

「やはりそうか」

浮雲は神社の裏手に回り、そこから細い道に出たところで、呟くように言った。

「何が、やはりなのですか？」

八十八が問うと、浮雲は金剛杖で、すうっと道の先を指し示した。

その先には、赤い着物を着て、頭巾を被った女の姿があった。

辺りを気にするような素振りを見せながら、そそくさと歩いて行く。

「あの女の人が、どうかしたのですか？」

八十八が改めて問うと、浮雲はいかにも楽しそうに、にいっと笑ってみせた。

「ついて来れば分かる――」

浮雲は、そう言うと女の後ろ姿を追って歩き出した。

十

八十八は、浮雲の背中を追いかけるようにして歩いた。

その浮雲は、前を歩く赤い着物の女を追っている。

どうして、あの女を追うのか？　気になって訊ねようとしたが、「静かにしろ」と一《いっ》蹴《しゅう》されてしまった。

あれこれ説明していて、女を見失ったり、気付かれてしまったら拙《まず》いと思っているのだろうが、そうでなかったとしても、教えてくれないような気もする。

現に、ここに至るまで、八十八は、浮雲から何一つ教えてもらえていないのだ。

黙々と歩みを進める。

やがて、赤い着物の女は、古い長屋が建ち並ぶ一角に辿り着いた。

「ここは――」

八十八は、思わず声を上げた。

この長屋には見覚えがある。それこそ、昼間に足を運んだばかりだ。

「そうだ。ここは、達一郎が住んでいる長屋だ」

浮雲が、囁《ささや》くような声で言った。

それを聞き、急に八十八の頭の中で、色々なことが繋がり出した。

「も、もしかして、あの女が、達一郎さんのところに現われていた幽霊なんですか？」

八十八が問いかけると、浮雲がさも当然のように「そうだ」と応じた。

——何ということだ。

それが幽霊だと気付かないまま、ここまで追いかけて来てしまったということのようだ。

信じられない思いでいっぱいだったが、改めて考え直してみると、納得する部分が多々ある。

達一郎は、赤い着物を着た女だと言っていた。

前を歩く女は、まさに赤い着物を着ている。

それに、達一郎は、あの神社の近くにある賭場に出入りしていたということだった。

おそらく、賭場の帰り道に神社を通り、幽霊に付きまとわれるようになったということなのだろう。

浮雲は、それを分かっていたから、あの神社で待ち構えていたに違いない。

女の幽霊は、真《ま》っ直《す》ぐ達一郎が住んでいる部屋の前まで歩みを進め、戸口の前に立った。

「お出《い》でませ――」

女の幽霊が言った。

もっと艶《つや》っぽい声を想像していたのだが、低く掠《かす》れた声だった。

「私のことを、お忘れか――」

女の声が続く。

「約束を果たせ――」

女が、とんとんっと戸を叩いた。

すると、戸が開き、達一郎がすっと姿を現わした。

酒を呑んでいるのか顔が上気しているようだ。

「また来やがったのか！　今度こそ、叩き斬ってやる！」

達一郎が叫ぶ。

その言い様は、昼間会ったときとは、まるで別人だった。乱暴で柄《がら》が悪い。目も据わっているように見える。

「そこまでだ」

達一郎が、持っていた刀の柄《つか》に手をかけたところで、浮雲が声を上げながら出て行った。

浮雲の姿を認めるなり、達一郎は刀の柄から手を離した。

「あ、あなたは……」

達一郎は、驚いたように目を丸くして、わなわなと口を動かしている。

赤い着物を着た女の幽霊は、すっと背を向けると、そのまま走って逃げ出そうとした。

だが、浮雲がそれを許さなかった。

襟首をむんずと摑み、地面に引き摺《ず》り倒してしまった。顔を隠していた頭巾が、はらりと落ちる。

女を相手に、何と乱暴な。

「酷過ぎやしませんか？」

声を上げながら、駆け寄った八十八を、浮雲がふんっと鼻を鳴らして笑った。

「お前には、これが女に見えるか？」

浮雲は、倒れている女を見下ろす。

「見えます」

頭巾は落ちたものの、項垂《うなだ》れるようにしていて顔は見えない。だが、恰好からして、どう見ても女だ。

「相変わらずの阿呆だな。そもそも、こいつは、幽霊ですらない」

浮雲がきっぱりと言う。

「はへ？」

自分でも笑ってしまうくらい、素《す》っ頓狂《とんきょう》な声を上げた八十八だったが、すぐに浮雲が何を言わんとしているのかが分かった。

さっき、浮雲は女の襟首を掴み、地面に引き摺り倒した。もし、幽霊であったなら、触れることはできない。

しかし、幽霊でないにしても、女であることは確かだ。

「もうバレちまってるんだ。いい加減、顔を上げたらどうだ？　吉次郎——」

「き、き、吉次郎って……まさか、八幡屋の？」

八十八が言うのに合わせて、女が顔を上げた。

白粉《おしろい》を塗り、唇に紅を引いてはいるが、それは確かに吉次郎だった。

心臓が止まってしまうのではないか——というほどに驚いている八十八と違って、浮雲は冷静そのものだ。

「立て」

浮雲が促すと、吉次郎はゆっくりと立ち上がった。

しなやかなその動きは、吉次郎だと分かっても、女に見えてしまう。

「こ、これは、いったいどういうことですか？」

「どうもこうもねぇ。少し考えれば、分かるだろうが。達一郎の部屋に現われていた幽霊の正体は、この吉次郎だったのさ」

浮雲は、さも当然のように言うが、八十八にはさっぱり分からない。

「どうして、そういうことになるんですか？」

吉次郎と達一郎は面識がないはずだ。

今、こうしている間の達一郎の顔を見ていれば、それは明らかだ。

にもかかわらず、どうして吉次郎は、幽霊のふりなどして、達一郎の許に足を運んでいたのか？

「私も、どういうことか知りたいです」

達一郎も、険しい顔で言う。

浮雲は、「いいだろう」と応じると、金剛杖でドンッと地面を突いた。

「吉次郎は、御霊神社の祭りのあった日に、ある女と出会った。そして、その女に一目《ひとめ》惚《ぼ》れしたのさ。そうだな？」

浮雲が話を向けると、吉次郎は観念したのか、こくんと大きく頷いた。

ただ、今の話を聞いて益々分からない。

「女に惚れた吉次郎さんが、どうして幽霊のふりなどする必要があったのですか？」

「その女に頼まれたのさ」

浮雲が、金剛杖を肩に担ぐ。

「女の恰好をして、達一郎さんの部屋に行くように——ですか？」

「そうだ」

「その女は、なぜそんなことを頼んだりしたんですか？」

「簡単なことだ。その女は、達一郎に想《おも》いを寄せていた。自分が達一郎のところに行っても気付いてもらえない。だから、吉次郎に自分の代わりを頼んだのさ」

「じゃあ……」

「そうだ。吉次郎は、惚れた女に利用されちまったのさ」

浮雲が墨で描かれた眼を、吉次郎に向けた。

吉次郎の目には、涙が浮かんでいた。口許を震わせながら、それが零《こぼ》れ落ちないように、ひたすら堪えている。

何と罪作りな女なのだろう。

自分の恋のために、自分に恋をした別の男を利用するなど、あまりに吉次郎が憐《あわ》れではないか。

と、ここで八十八は、一つ引っかかりを覚えた。

「その女は、どうして達一郎さんのところに行っても、気付いてもらえなかったのですか？」

さっき、聞き流してしまっていたが、足を運んだのに、気付いてもらえないというのは、どうにも不自然な気がする。

「死んでいるからだよ」

浮雲が、ぽつりと言った。

「死んでいる？」

「そう。その女は、もう死んでいる。幽霊だったからこそ、達一郎の部屋に行っても、気付いてさえもらえなかった」

「達一郎さんには、その女は見えなかったのに、吉次郎さんには見えてしまった——そういうことですか？」

八十八が、確かめるように言うと、浮雲は「そうだ」と頷いた。

「お前も、女が生きた人間ではないことに、気付いていたんだろ？」

浮雲が問うと、吉次郎は「はい」と掠れた声で返事をした。

「でも、死んだ女が相手では、想いを遂げることはできないじゃないですか」

八十八が、何気なく口にした。

が、それが吉次郎の怒りを買ったらしい。もの凄い形相で睨んできた。

「そんなことは分かってます。でも、だからこそ、せめて、あの女《ひと》の願いを叶《かな》えてやりたかったんです。それしか、できませんから……」

吉次郎の声は涙に濡《ぬ》れていた。

好いた女のために、自分の気持ちを押し殺して、何かしてやろうと願う。その健気《けなげ》さが、八十八の心を打った。

何にしても、これで達一郎の部屋の前に現われる幽霊も、吉次郎が幽霊に憑依されたという一件も解決だ。

吉次郎に、もうこんなことはしないと、誓わせればいいのだ。

「さて——吉次郎の一件は片付いた。あとは、お前の憑きものだな」

浮雲は、そう言って達一郎に墨で描かれた眼を向けた。

十一

「どうして、そうなるのですか？」

わけが分からず、八十八は声を上げた。

達一郎の許に現われた幽霊の正体は、吉次郎だということが分かった。つまり、達一郎には、落とすべき憑きものは憑いていないはずだ。

浮雲は、驚く八十八などにはお構いなしに、達一郎を墨の眼で睨む。

達一郎は、ただ黙って立っている。

「吉次郎が惚れた女は、近江屋の女中でお宮という。お前、覚えはないか？」

浮雲は、真っ直ぐ金剛杖の先端を達一郎に向けた。

達一郎は、わずかに首を傾げる。

「何のことでしょう？」

「お宮を知っているか——と訊いている」

「知ってはおります。近江屋の女中でしたから、幾度となく顔を合わせています」

「そうか。お宮を殺したのは、お前だな」

浮雲が言った。

問い質したのではない。そうだと決めつける物言いだ。

「どうして、達一郎さんがお宮さんを殺したことになるのですか？」

堪らず口を挟んだ八十八だったものの、その答えは何となく分かっていた。

お宮は、達一郎が用心棒として雇われている近江屋の女中だった。そして、そのお宮は、店の金を持ち出し、行方が分からなくなっているという話だった。

つまり——。

「この男は、賭け事に使う金欲しさに、お宮を騙し、店の金を盗ませた。そうやって貢がせた挙げ句、殺して御霊神社の杉の木の下に埋めたのさ」

浮雲が、金剛杖を肩に担いだ。

信じられないが、筋の通る話だ。吉次郎が惚れた幽霊は、お宮だった。そして、そのお宮は、殺されて尚、達一郎に焦がれ、吉次郎を使って自分の想いを伝えようとした。

達一郎の部屋に残された櫛は、おそらくお宮の持ち物だったのだろう。

そして、今になって思えば、お守りは、半田天神、つまり御霊神社のものだった。

全て、達一郎に、自分のことを思い出させるための行動だったというわけだ。

「覚えがありませんか。だいたい、何をもって、私にそのような疑いをかけるのですか？」

達一郎は、小さく首を振った。

その表情には、まるで変化がない。何も感じていないようだ。こうなると、浮雲の言葉が嘘のように感じられてしまう。

だが――。

それはあり得ない。

浮雲は幽霊が見えるのだ。

おそらく、八十八が神社に到着する前に、お宮の幽霊に会い、今のような事実を確かめているはずだ。

「ほう。あくまでしらを切るか――」

浮雲は、そう言いながら、両眼を覆った赤い布をするすると外した。

鮮血のように赤い瞳が露《あら》わになる。

吉次郎は、それに驚いて、ひぃっと悲鳴を上げたが、達一郎は眉一つ動かさなかった。

「気味の悪い眼だ」

達一郎が、吐き捨てるように言った。

これまでの温和な振る舞いは、全て偽りだったようだ。

「お前の心の方が、よほど薄気味が悪い」

「黙れ」

「女に貢がせて、捨てるだけならまだしも、命まで奪うとは——男の風上《かざかみ》にも置けんな」

「お前のような男に、言われる筋合いはない」

「その言い様。自分が、お宮を殺したことを、認めるのか?」

「ああ」

達一郎は、そう言うと、ゆっくりと鞘《さや》から刀を引き抜いた。

どうやら浮雲とやり合うつもりのようだ。

「どうして、急に認める気になった?」

浮雲が、金剛杖を構えながら問う。

「人が斬りたくなった」

達一郎が、にたっと笑った。

これまでこうした笑いを浮かべる人間を、何人も見てきた。

他人のことなど何とも思っていない。自分の欲望にのみ従う悪党の目だ。

おそらく達一郎は、浮雲とやり合うだけでなく、八十八と吉次郎も、この場で斬り捨てるつもりに違いない。

「お前は、どうしてそこまで賭け事にのめり込んだ？」

「楽しいからだ」

「勝てもしない賭け事の何が楽しい？」

「今は負けている。だが、それはそういう波というだけのこと。この先、絶対に勝つことになる」

「その自信の源は何だ？」

浮雲の問いに、達一郎は首にかけた紐に付いている石に、ちらりと目を向けた。

「これさえあれば、最後に勝つのはおれなんだよ」

達一郎は、その石に神通力のようなものが宿っていると信じているらしい。

やがて、その力が発揮されると信じて、賭け事に興じ続けたということか？　もし、そうだとしたら、愚かだとしか言い様がない。

「救い様がねぇな」

浮雲は、改めて金剛杖を構える。

いよいよ達一郎と、やり合うつもりのようだ。

浮雲の強さはよく知っている。だが、話に聞く限り、達一郎もまた、凄まじい腕を持っているようだ。

――果たして勝てるのか？

「待て！」

今、まさに浮雲が踏み込もうとしたところで、大砲のような大声が響いた。

声の主は、試衛館の師範、近藤勇だった――。

土方と一緒に、闇の中からぬうっと姿を現わす。

普段は、四角い顔に、何とも人の好さそうな笑みを浮かべている近藤だが、今はそれが般若《はんにゃ》のように怒りに歪《ゆが》んでいた。

「試衛館の門人の不始末は、師範である私がけじめをつける」

近藤は、そう言って歩み出た。

近くにいるだけで、吹き飛ばされそうなほどの凄まじい迫力に、八十八は、ただ圧倒されるばかりだった。

浮雲は、達一郎の相手は近藤に譲るべきだと判断したらしく、「任せた」と構えを解いて、一歩後ろに下がった。

うむ――と顎を引いて頷いた近藤は、達一郎の前に立ち、木刀をすうっと構える。

「近藤さん。私は何もしておりません。全ては、あの妙な男が……」

この期《ご》に及んで、達一郎が言い訳を並べる。

「黙れ！」

近藤が大喝した。

地響きがしたかと思うほどだった。

「歳三から、話は聞いている。言い訳は無用だ」

近藤が告げると、達一郎は諦めたのか、渋々といった感じで刀を構えた。

「私は、近藤さんとはやりたくなかった……」

「今さら、怖《お》じ気《け》づいたか？」

「違う。私は、あんたのことが好きだ。斬りたくはない」

「勝てるとでも？」

「稽古で、あんたから、何本も取っている」

達一郎の目が冷たく光る。

何ということだ。達一郎は、それほどまでの腕前だというのか。だとしたら、この勝負は先が見えない。

もしかしたら、近藤が負けるかもしれない。

緊張する八十八に反して、近藤は拳《こぶし》が入ってしまいそうなほど大口を開け、がははっと笑った。

「稽古で本気を出すとでも？」

近藤の言葉が、強がりでないことは漲《みなぎ》る覇気が証明していた。

達一郎も、それを感じ取ったらしく、じりっと後退る。

「ぬぅ……」

「自信を持たせるために、手加減をしていたのだが、それがお主《ぬし》を増長させ、慢心を招き、このような事態を呼び込んでしまったのかもしれんな」

「………」

「では、行くぞ」

言うなり、近藤が動いた。

何が起きたのか、八十八にはさっぱり分からなかった。

達一郎は、両手をだらりと垂らし、「ううう」と呻《うめ》いている。

さっきまで手に持っていたはずの刀は、長屋の壁に突き刺さっていた。

——いったい何が起きたんだ？

「近藤さんが、籠手《こて》を打ったんですよ」

説明をしてくれたのは、土方だった。

「たったそれだけ？」

「ええ。たったそれだけです。近藤さんは、そういう男です」

土方は、それが当然であるかのように言ったが、八十八にはどうにも信じられなかった。

ただ、籠手を打っただけで、刀を吹き飛ばし、両腕を粉砕することなどできるのだろうか？

もはや人間業ではない。

「これで、お前は二度と刀も握れないし、賭け事をすることもできない。大人しく、お縄にかかり裁きを受けろ」

近藤が、持っていた木刀を下ろした。

——終わった。

そう思った刹那《せつな》だった。

達一郎が、海老《えび》のように身体を仰《の》け反《ぞ》らせたかと思うと、ぶはっと口から血を吐いた。

——何だ？　何が起こった？

見ると、達一郎の胸から、刀の切っ先が突き出ていた。

何者かに、背後から刀で貫かれたのだろう。

「現われやがったな！」

浮雲が叫ぶ。

それと同時に、達一郎の身体から刀が引き抜かれる。

どさっと達一郎がその場に倒れ、背後から姿を現わしたのは、まるで箪笥《たんす》のような笈《おい》を背負い、一本鬚《いっぽんひげ》を生やした小柄な翁《おきな》だった。

八十八は、その人物に見覚えがあった。

「蘆屋道雪《あしやどうせつ》――」

浮雲が、その名を口にした。

蘆屋道雪は、陰陽師《おんみようじ》、蘆屋道満《どうまん》の子孫を名乗り、様々な呪《のろ》いの道具を作り、それによって、破滅していく人々の姿を見て、愉《たの》しみを覚える呪術師だ。

「ほう。覚えておいでてしたか」

蘆屋道雪が、嬉しそうに声を上げた。

右手に刀を持ち、左手で顎の一本鬚を撫でている。

不気味な男だ。翁の顔をしているが、あれは素顔ではない。面だ。

「達一郎に、妙な石を渡したのはお前だな？」

浮雲が問う。

「お気付きでしたか。この男が、主家を追い出され、賭け事から足を洗おうとしていたので、賭け事に勝てる特別なお守りとして、おわけしたのです」

「結果、負けてるじゃねぇか」

「それはそうです。あれは、ただの石ですからね。何の力もありません」

「…………」

「しかし、この男は信じました。最初は負ける。だが、負けるほどに力を蓄え、やがては絶対に負けなくなる――そう教えてやったんですよ」

蘆屋道雪は、また愉しそうに笑った。

「そうやって達一郎を、騙したってことか」

「ええ。ただ、信じる方が悪いのですよ。そんな都合のいい道具があるはずがありません。そもそも、そうした道具があるなら、他人に売らずに、自分で使っていますよ」

「てめぇ……」

「何をそんなに怒っているんです？　私は何もしていません。この男に、ただきっかけを与えたに過ぎません。賭け事にのめり込んで行ったのは、この男の心の弱さです」

「なぜ、こんなことを……」

八十八が口にすると、翁の面がじっとこちらを見た。

「愉しいからに決まっているでしょう」

その声には、笑みが含まれていなかった。

まるで、地獄の底に棲む鬼のように、毒々しい響きが込められている。

「何が、何もしていない――だ。お前はその手で、達一郎を殺しているだろうが」

浮雲が、金剛杖の先端を蘆屋道雪に向ける。

蘆屋道雪は、血に塗《まみ》れた刀に目を向けたあと、なるほど――という風に膝を打った。

これだけ緊迫した局面で、巫山戯《ふざけ》ているとしか思えない。

「目の前で、門人を殺されて、お前をこのまま帰すわけにはいかん」

近藤が、ずいっと歩み出る。

「お相手をしたいところですが、今日のところは、ご挨拶を――と思っただけですので、これで失礼します」

「挨拶だと？」

浮雲が眉間《みけん》に皺《しわ》を寄せる。

「ええ。私の不肖の弟子が、あなたたちに、ずいぶんと世話になったようですから――」

「毒蟲《どくむし》か」

浮雲が声を上げる。

――何と！

毒蟲とは、堀口家の一件で暗躍した傀儡師《くぐつし》のことだ。

あの禍々しい男が、蘆屋道雪の弟子だったとは――しかし、今になってみると、思い当たる節はあった。

立ち振る舞いがどこか似ていたし、毒蟲は暗躍する際に、翁の面を好んで用いていた。

そうした点も、似ているといえば似ている。

「別に弟子の仇《かたき》を取ろうという気はありません。あれは、欲に溺れた愚か者です。ただ
――あなたたちと、また遊びたいと思ったんですよ」

「これが、その遊びだって言うのか？」

問い詰める浮雲を見て、蘆屋道雪は三度《みたび》笑った。

「まあ、そんなところです。では、また近いうちに――」

蘆屋道雪は、くるりと背を向ける。

「逃がすか！」

浮雲と近藤が、駆け寄ろうとしたが、ぼんっと何かが破裂するような音がして、辺り
が白い煙で包まれた。

八十八は、幾度となく噎《む》せ返る。

しばらくして、煙が晴れたときには、蘆屋道雪の姿は消えていた――。

コトリの理

UKIKUMO
SHINREI-KITAN
KETSUEN NO KOTOWARI

序

ちゅんちゅん――。

小鳥が鳴いている。おそらくは雀《すずめ》だろう。

萩原伊織《はぎわらいおり》は、ゆっくりと瞼《まぶた》を開けた。

鳥の鳴き声がしたのだから、てっきり朝日が射《さ》し込んでいると思ったのに、どういうわけか部屋の中は真っ暗だった。

聞き間違いだったのだろうか？

このところ、色々なことが矢継ぎ早に進み、疲れてしまっている。

肉体的なことよりも、心の方だ。

兄の新太郎《しんたろう》からは、「本当に良《よ》いのか？」と幾度も念を押されたが、伊織は黙って首を縦に振った。

望んで決めたのとは違う。ただ、武家の娘として生まれた以上は、そうせざるを得ないというのが本当のところだ。

ふと頭の奥に、八十八《やそはち》の顔が浮かんだ。温厚で、心根が優しい若者。自分以外の誰かのために、心を痛め、涙を流すことができる。そういう人だ。

なぜ、急に八十八の顔が出てきたのか、伊織自身、よく分からなかった。何にしても、余計なことを考えるのは止《や》めよう。

いくら足掻《あが》いたところで、変えようのないことというのはある。

再び眠りに就《つ》こうとした伊織だったが、それを遮《さえぎ》るようにまた鳴き声がした。

ちゅんちゅん――。

やはり小鳥のようだ。

しかし、どうにもおかしい。鳥は夜目《よめ》が利かないはずだ。だから、夕刻になると一斉に塒《ねぐら》である木に戻っていく。

それなのに、こんな夜更けに鳴いているのは、どうにもおかしいことだ。

ちゅんちゅん――。

鳴き声は、まだ続いている。

もしかしたら、庭の木から小鳥が落ちて鳴いているのかもしれない。

だとしたらかわいそうだ。

伊織は、布団から抜け出す。

辺りを見回してみたが、暗く、陰に沈んでいて、何があるのか判然としない。

ちゅんちゅん――。

てっきり、庭の方だと思ったが、どうも、部屋の隅から聞こえてくる気がする。

伊織は、隅へと進みながらじっと目を凝《こ》らす。

部屋の隅は、より一層深い陰になっていて何も見えないが、やはり鳴き声はここから聞こえている気がする。

しばらく見つめていると、ころころっと何か白い球のようなものが転がって来て、伊織の爪先に当たった。

――何だろう？

伊織は、屈《かが》み込むようにして、足許《あしもと》にある球に目を向ける。

「ひゃぁ！」

伊織は、悲鳴を上げながら飛び退《の》いた。

そこに転がっていたのは、ただの球ではない。

人間のものと思われる――眼球だった。

どうして、こんなところに人間の眼球が転がっているのだ——。

混乱しながらも、伊織は気持ちを立て直した。とにかく、灯《あか》りを取って来よう。その上で、改めて検分する必要がある。

伊織が部屋を出ようと、障子に手をかけた刹那《せつな》、部屋の隅から、わあっと黒い塊《かたまり》が湧きだした。

いや、あれは塊などではない。

数十羽の雀が、けたたましい羽音と共に、群れをなして飛び立ったのだ。

大きな群れとなった雀は、まるで巨大な生き物のように、伊織の頭上を旋回しつつ、次々と襲いかかって来る。

伊織は、枕元に置いてある木刀を手に取った。

その木刀で、雀を打ち落とそうとしたのだが、それを阻むように、わあっと黒い群れとなった雀に襲われる。

雀に囲まれ、みるみる視界を奪われる。

必死に抗《あらが》っていた伊織だったが、やがて力を失い、その場に頽《くずお》れた——。

一

「と、いうことがあったんです——」

伊織が、神妙な顔つきで話を締め括《くく》った。

八十八は、半ば呆然《ぼうぜん》としてしまって、すぐに返事をすることができなかった。

伊織が八十八の許を訪ねて来たのは昼過ぎのことだった。

武家の娘である伊織が、呉服屋の倅《せがれ》である八十八の許を訪ねることなど、普通に考えればあり得ない。

ただ、伊織は身分がどうであれ、分け隔てなく接してくれる優しい女《ひと》だ。

とはいえ、別に遊びに来たわけではない。伊織の口から語られたのは、おぞましい心霊体験だった。

それも伊織の身の上に起きているのだ。

つまり、伊織は、心霊現象の相談にやって来たというわけだ。

「大丈夫でしたか？」

八十八が声をかけると、伊織は黙って顎《あご》を引いて頷《うなず》いた。

素直に、良かったと安堵《あんど》できないのは、伊織の頬の辺りに、かすり傷のようなものがあるからだろう。

雀に襲われたときに、できたのかもしれない。

「このまま、放っておくこともできませんし、迷惑は承知で、ご相談に伺ったというわけです」

伊織が神妙な顔で言う。

いつもは、朗《ほが》らかな伊織だが、今日はやけに表情が硬い。その上、顔色も悪いように感じられる。

やはり、自分の身の上に心霊現象が降りかかったというのが、相当にこたえているのだろう。

「迷惑なんて、とんでもない。伊織さんの頼みとあらば、喜んで引き受けます」

「ありがとうございます」

伊織が丁寧に頭を下げた。

その言い様《よう》が、八十八には妙に引っかかった。

他人行儀というか、伊織との間に、壁があるように思えてならなかった。まるで、八十八を避けているような――。

いや、そんなはずはない。もしそうなら、わざわざ相談に来たりはしない。

きっと、心霊現象のせいで、心を痛めているのだろう。

「お礼なんてとんでもない。早速、浮雲《うきくも》さんに相談してみます」

浮雲というのは、八十八の知り合いの憑《つ》きもの落としのことだ。

廃墟《はいきょ》となった神社に勝手に棲《す》み着き、手癖が悪く、女にだらしなく、年中酒ばかり呑《の》んでいる——おおよそ、褒めるべきところのない男だが、憑きもの落としの腕だけは間違いがない。

八十八が、伊織と知り合うきっかけとなった心霊事件も、浮雲が解決した。

普段は、何かと理由をつけて依頼を拒絶する浮雲だが、伊織の頼みとなれば話は別だ。

以前に起きた、堀口《ほりぐち》家の事件では、追われる身となってしまったところを、萩原家に匿《かくま》ってもらったりした。そうした恩に報いるくらいの人情は持ち合わせているはずだ。

「良かったです」

伊織が笑みを浮かべた。

なぜだろう。やはり、表情がぎこちない。

気にはなるが、それを問い質《ただ》すのははばかられた。伊織とは、懇意にしてはいるが、身分が違う。

町人である自分などが、容易に立ち入ってはいけない。

「では、これからすぐに、浮雲さんのところに行ってきます」

八十八は気持ちを切り替えて立ち上がる。すると、何かを言いたそうに伊織が顔を上げた。

「あの……」

「何です？」

「一つ、伺ってもよろしいですか？」

伊織にしては珍しく、おずおずとした調子だった。

「はい」

「いえ。やはりいいです」

伊織は、首を左右に振った。

益々《ますます》引っかかる。やはり、単に心霊現象だけではないような気がする。

「そう言わずに、何でも言って下さい」

八十八が問うと、伊織は何とも言えない複雑な顔をした。

そのまま、しばらく黙っていた伊織だったが、やがて覚悟を決めたように、頷いてから口を開く。

「八十八さんには、想《おも》い人《びと》はいらっしゃいますか？」

あまりに唐突な問いだったために、八十八はその言葉の意味を了解するのに、ずいぶんと時間を要した。

意味が分かると、今度は、どうして急にそんなことを訊《たず》ねてきたのか――そこが分からずに困惑してしまう。

さっきまで、伊織の身の上に起きた心霊現象の話をしていたはずだ。てっきり、それにかかわることだと思っていた。

それが、なぜ急に八十八の想い人の有無に変わってしまったのか？

「ど、どうしてそのようなことを？」

そう口にすると、伊織は急に顔を背け「何でもありません。忘れて下さい」と早口に言う。

何でもないと言われると、気になってしまうのが人の性《さが》というものだ。

「忘れろと言われましても……」

八十八は頭をかいた。

「とにかく、忘れて下さい」

伊織は、念押しするように言うと、素早く立ち上がり、逃げるように部屋を出て行ってしまった。

——何か、悪いことを言ってしまったのだろうか？

一人になった部屋の中で、色々と考えてみたが、何一つ思い当たることはなかった。

二

「知らん！」

浮雲が、ぶっきらぼうにそう言い放った。

神社の社《やしろ》の中である。

髷《まげ》も結《ゆ》わないぼさぼさの髪に、白い着物を着流している。肌は死人《しびと》のようで、着物の色よりなお白い。

壁に寄りかかるように座り、昼間だというのに、お構いなしに盃《さかずき》の酒をちびちびと呑んでいる。

蔑《さげす》みと共に八十八を見る双眸《そうぼう》は、燃え盛る炎のように、真っ赤に染まっている。

浮雲の眼《め》は、ただ赤いだけでなく、死者の魂——つまり幽霊を見ることができる。浮雲が憑きもの落としを生業《なりわい》としているのは、その特異な体質によるところが大きい。

「知らんって……。何とか力を貸して下さい」

八十八は、浮雲に追いすがった。

こうして伊織の相談を持ちかけているというのに、「知らん！」のひと言で片付けられたのでは、こちらとしては面目《めんぼく》が立たない。

「知らんものは、知らん」

浮雲は、汚いものでも見るように顔を歪《ゆが》めた。

こうした態度を取るのは、いつものことではあるが、八十八としても、そう簡単に引き下がるわけにはいかない。

「伊織さんから頼まれたんですよ。先だっての事件のとき、世話になったじゃないですか。恩義に報いるべきだと思います」

「知った風な口を利くな。それはそれ、これはこれだ」

何と身勝手な理屈だろう。

「それでは、伊織さんがあまりにかわいそうです」

「だから、おれの知ったこっちゃねぇ。だいたい、お前は何にもできねぇ癖に、ほいほいと引き受けてくるんじゃねぇよ」

安易に引き受けてしまったことは、申し訳ないと思うが、もう少し言い方というものがある。

それに——。

「伊織さんが困っているというのに、放ってはおけません」

「どうして？」

「へ？」

まさか、そんな風に返されるとは、思ってもみなかった。

「どうして、そこまであの小娘に義理を立てる？」

「それは——よくして頂いているので」

八十八が答えると、浮雲がにたっと笑った。

嫌な笑い方だ。

「そういうことを言ってんじゃねぇ」

「じゃあ、どういうことを言っているんですか?」

「いいから認めちまえよ」

「何をです?」

「あの小娘に惚《ほ》れてるって」

「なっ!」

八十八は、自分でも驚くほど大きな声を上げてしまった。

それと同時に、また始まった——と辟易《へきえき》する。

浮雲は、どういうわけか、八十八と伊織が恋仲になるようにけしかけてくる節がある。

だが、それはあり得ない。

八十八が、伊織を嫌いだとか、そういうことではなく、身分の違いだ。町人と武家が婚姻を結ぶことは禁じられているのだから、恋仲になどなれるはずがない。

そのことを強く言うと、今度は決まって、恋は身分でするものじゃない——とかわされる。

浮雲のように、気ままに振る舞っている人間からすれば、そういうものかもしれないが、八十八は違う。

決まりは決まりだし、そもそも叶《かな》わぬと分かっていて恋をするほど愚かではない。

「そういう話をしに来たんじゃありません。私は、伊織さんの心霊現象を……」

「お前が、あの小娘に想いを告げるなら、考えてやってもいいぞ」

浮雲は楽しげに言うと、盃の酒をぐいっと呷《あお》った。

他人事《ひとごと》だと思って言いたい放題だ。

「もう。浮雲さんも、伊織さんも、おかしなことを……」

ため息を吐《つ》いた八十八に、浮雲が「おや？」という顔をして身を乗り出す。

「あの小娘が、何を言っていたんだ？」

余計なことを言ってしまった――と今になって後悔する。

「何でもありません」

「誤魔化《ごまか》すな。心霊現象にかかわりがあるかもしれねぇだろ」

「どうかかわりがあるのです？」

「だから、それを判断するためにも、聞かせろと言ってるんだ」

赤い双眸が、じっと八十八を見据える。

こうなると逃げられない。

「想い人はいますか？　と訊ねられました」

「何？」

「ですから、私に想い人がいるか、と急に訊ねてきたんです。なぜ、そのようなことを――と問い返したら、慌てて帰っていってしまったのです」

改めて思い返してみても、あれは伊織らしからぬ態度だった。

しばらく、きょとんとしていた浮雲だったが、やがて肩を震わせながらくつくつと笑い始めた。

次第にその声は大きくなり、最後には腹を抱え、足をバタバタさせながら笑い転げる有様だ。

「何がそんなにおかしいんですか？」

八十八が、咎《とが》めるような口調で言うと、ようやく浮雲が笑いを引っ込めた。

「八《はち》。お前は、何にも感じねぇのか？」

浮雲が、眼に浮かんだ涙を拭いながら問う。

「何のことです？」

「だからさ。どうして、あの小娘が、お前にそんなことを訊ねたのか、分からねぇのかって訊《き》いてんだ」

「分かりません。さっきから、そう言っているじゃありませんか」

八十八は、きっぱりと言った。

「お前は、本当に阿呆《あほう》だな」

浮雲は八十八のこめかみに、ぐりぐりと拳《こぶし》を押しつける。

なったのであれば、それに乗っかるのが得策というものだ。

いったいどういう風の吹き回しなのだろう？　戸惑いはあるものの、浮雲がやる気に
浮雲は、そう言いながらすっと立ち上がった。

「まあいい。色々と面白そうだから、その依頼を受けてやろうじゃねぇか」

八十八は、それを振り払ったものの、浮雲のにやけ顔は変わらない。

「痛いじゃありませんか」

三

八十八は、すぐに浮雲と萩原家に向かうことになった――。

心霊現象に乗り気になってくれたのは、喜ばしいことだが、何だかもやもやとした思いに苛《さいな》まれているのも事実だ。

ちらりと隣を歩く浮雲に目を向ける。

両眼を赤い布で覆い、金剛杖《こんごうづえ》を突き盲人のふりをして歩いている。浮雲が外を出歩くときは、いつもこうだ。

赤い両眼を晒《さら》すと、気味悪がられるから――という理由でやっていることだが、両眼を覆う赤い布には、墨で眼が描かれている。

八十八からすれば、そっちの方が、はるかに気味が悪いと思うが、本人に気にしている様子はない。

「おや。八十八さんではありませんか」

萩原家の前まで来たところで、声をかけられた。

伊織の兄である新太郎だった。

痩身でひょろりとしていて、柔らかい表情には、人の好《よ》さが滲《にじ》み出ている。

「新太郎さん」

「もしかして、伊織の件でいらっしゃったのですか？」

新太郎は、八十八と浮雲を交互に見ながら言う。

「はい。ずいぶんと、恐ろしい心霊現象に悩まされているとか――」

八十八が口にすると、新太郎は顎に手を当て、「うーん」と唸《うな》った。どうにも引っかかる態度だ。

「あれは、本当に心霊現象なのか、少しばかり怪しいところです」

新太郎が困ったように腕組みをする。

――どういうことだろう？

新太郎は、とても妹思いだ。よほど心配しているだろうと思っていたのに、こういう態度を取るのは不可解だ。

「怪しいとは、どういうことでしょうか？」

八十八が問うと、新太郎は迷いつつも、話を始めた。

それによると、昨晩、新太郎は伊織の悲鳴で目を覚ましたのだという。何事かと思い、慌てて部屋に駆けつけると、そこに伊織が倒れていたらしい。

譫言《うわごと》のように、「目玉」とか「雀」とか口走っていたが、辺りを見回しても、それらしきものは何もなかったのだという。

新太郎としては、伊織が悪い夢でも見たのではないか――と考えているようだった。

だが、新太郎が見ていないからといって、怪異が夢だと決めつけてしまうのは、少しばかり早計な気がする。

それに――。

「伊織さんは、頰に怪我《けが》を負っていました」

はっきりと口には出さなかったが、あの傷は、おそらく心霊現象を体験したときに負ったものだ。

あの傷こそが、心霊現象が真実であった証《あかし》のような気がする。

「お前は阿呆か」

浮雲が、呆《あき》れたように口を挟む。

「え？」

「怪我をしたから、幽霊だなんて、阿呆だと言ったんだ」

「どうしてです？」

「ただ、転んだだけかもしれねぇだろ」

「そうかもしれませんが……でも、やっぱりあれは……」

「でもも、へちまもねぇ」

浮雲に小突かれた。

「痛っ」

「少なくとも、頬の傷は幽霊によって付けられたものじゃねぇ」

「なぜです？」

「前にも言っただろう。幽霊ってのは、死んだ人間の想いの塊みたいなもんだ。生きた人間に憑依《ひょうい》することはあっても、直接傷を付けるようなことはできねぇ」

「あっ！」

言われて納得した。

まさに浮雲の言う通りだ。幽霊は、直接人間を傷付けることができないのだから、あの頰の傷は別の何かによって付けられたということになる。

「それより、今回の一件、何か心当たりがありそうだな」

浮雲は、墨で描かれた眼で真《ま》っ直《す》ぐに新太郎を見据えた。

新太郎は苦笑いを浮かべたあと、小さく顎を引いて頷いた。

どうやら、新太郎は何か思い当たることがあるが故《ゆえ》に、伊織が体験した現象を夢だと思っているようだ。

「伊織は今、色々と思い悩んでいるようなんですよ」

新太郎が、慈《いつく》しむように目を細めた。

「思い悩むとは？」

浮雲が訊ねる。

「実は、伊織の縁談が決まりましてね――」

――縁談？

最初、その言葉の意味が呑み込めなかった。心が、それを受け容《い》れることを拒んだのだ。

だが、足掻くだけ無駄というもの。

じわじわとその言葉が持つ意味と重さが、八十八の中に広がった。

――伊織の縁談。

それはつまり、誰かの許に嫁ぐということだ。

別に、おかしいことでも何でもない。伊織は、八十八と同じくらいだ。いつ嫁いでも、おかしくない歳《とし》なのだ。

これは、目出度《めでた》いことだ。

そう思おうとしたが、喜びの気持ちはまったく湧いてこなかった。

――どうしてだろう？

考えてみたが、一向に答えは出なかった。

新太郎が、縁談について、詳しく話している。それを聞こうとしたのに、ぐわんぐわんと耳鳴りがして、話がまったく入ってこない。

どうしたことだろう。地面が、ぐらぐらと揺れている気もする。

額に冷たい汗が浮かぶ。

「おい。聞いてんのか？」

浮雲に、頭を小突かれた。

「は、はい。ちゃんと聞いてました」

どうにかこうにか、平静さを取り戻して取り繕《つくろ》ったものの、浮雲には見透かされていたらしく、軽く舌打ちをされた。

「とにかく、話は分かった。あんたが思うところもあるだろうが、まずは見てみることにする」

浮雲がそう告げると、新太郎は「そうですね」と応じた。

そのまま、新太郎が案内するかたちで、萩原家に足を踏み入れることになった。

引き摺《ず》られるように、あとに続きながら、八十八の胸には、刺すような痛みが走った。これまで、浮雲に伊織に惚れているのか――と問われる度に打ち消してきた。それこそ、ここに来る前も、そんなやり取りがあった。

叶わぬ相手に恋心など、抱《いだ》くはずがないと思い込んでいた。

だが――。

新太郎から、伊織の縁談の話を聞かされ、ようやく自分の気持ちに気付いた。

八十八は、伊織に想いを寄せていたのだ。

今に始まったことではない。ずっと前から――。

どうせ叶わぬことだと、自分でその気持ちに蓋《ふた》をしていた。

ただ、気付いたところでもう手遅れだ。

伊織は誰かの許に嫁いで行く――。

四

新太郎の案内で、浮雲と一緒に伊織の部屋に入った――。

「いらしてくれたんですね」

部屋に座っていた伊織が、顔を上げて笑みを浮かべた。

その表情が、昼過ぎに顔を合わせたときより、艶《つや》っぽく見えてしまうのは、八十八自身の心の変化のせいだろうか？

伊織と目が合ったが、何と声をかけたらいいのか分からず、視線を逸《そ》らすように俯《うつむ》いてしまった。

こうやって、伊織の許を訪ねるのも、これが最後かもしれない。

「ぼやぼやしてんじゃねぇよ」

浮雲に、頭を小突かれた。

八十八は、緩慢な動きで顔を上げたものの、何も言葉が出てこなかった。

そんな八十八を見て、浮雲は呆れたようにため息を吐きつつも、壁に寄りかかるように座る。

新太郎も、近くに腰を下ろした。

「縁談が決まったらしいな」

浮雲が、出し抜けにそう言った。

伊織は吃驚《びっくり》したように、目を丸くしたものの、すぐに「はい」と応じた。

「何でも、大身《たいしん》の武家の息子に見初《みそ》められたそうじゃねぇか。これで、萩原家も安泰というわけだ」

浮雲は、そう話を続けた。

ずいぶんと事情に詳しいと不思議に思った八十八だったが、それもわずかな間だった。

おそらくは、家の前で新太郎から聞いたのだろう。

縁談という言葉で、我を失っていた八十八は、そのあとの話が聞こえていなかったというだけだ。

「そういう言い方は……」

伊織が、軽く下唇を噛《か》む。

「事実だろ。誉田《ほんだ》家といえば、幕府直参《じきさん》のお偉いさんだ。この上ない縁談なはずだ」

伊織は、何も答えなかった。

ただ、凜《りん》とした顔で、真っ直ぐに浮雲を見返しただけだ。

いったい何を思っているのか？　八十八などに、その心の内が分かるはずがなかった。

仮に分かったとしても、何のかかわりもないことだ。

「まあいい。心霊現象のことだったな」

浮雲は、改まった口調で本題を切り出す。

「はい」

伊織が小さく頷く。

「で、幽霊が出たというのは、この部屋なのか？」

「そうです。しかし、あれが幽霊であったかどうかは、定かではありません」

伊織は淡々とした調子で言う。

「そうだな。聞いた話では、出てきたのは目玉と雀だ。幽霊というより、物《もの》の怪《け》の類《たぐ》いかもしれん」

「そうですね」

「知っての通り、もし幽霊じゃなかった場合は、おれの役目じゃねぇ。他を当たってもらうことになる」

「分かっています」

「一つ、確かめさせてくれ」

「何でしょう？」

「心霊現象は、いつから起きた？」

「昨晩です」

「それまでは？」

「何もありませんでした」

「何か心当たりはあるか？」

「心当たり――ですか？」

「そうだ。急に幽霊が湧いて出るなんてことはない。この部屋に幽霊が出るからには、それ相応の何かがあったはずだ。たとえば、幽霊の出る場所に行き、知らないうちに引き連れて来てしまったとか——」

浮雲が、墨の眼で伊織を見据える。

しばらく、考えるような表情を浮かべていた伊織だったが、やがて「覚えはありません」と静かに答えた。

「そうか……」

浮雲は、落胆したように応じつつも、するすると両眼を覆った赤い布を外し、部屋の中をあちこち見て回り始めた。

幽霊が見える浮雲なら、八十八たちに見えない何かを見つけることができるかもしれない。

やがて、浮雲は部屋の隅に置いてある簞笥《たんす》の前で足を止めた。

「これは何だ？」

浮雲が、簞笥の上にある四角い箱を指差した。

「先日、小間物屋《こまものや》で買ったものです。何でも、魔除《まよ》けの効能があるとか——」

伊織が答える。

浮雲は、その箱を手に取り、しげしげと見つめたあと、何かに納得したように、うんと一つ頷いた。

「これを借りるが、構わないか？」

突然の浮雲の申し出に、伊織は幾分、戸惑った素振りを見せたものの、やがて「構いません」と応じた。

浮雲は、その箱を懐に仕舞うと、新太郎に目配せをする。

頷いて応じたあと、二人で連れ立って部屋を出て行ってしまった。

しんと静まり返った部屋の中に、八十八と伊織の二人だけが残されることとなった。

何を話していいのか分からず、突っ立っている八十八に、伊織が柔らかい笑みを浮かべた。

「ずっと立っているのですね」

言われて、自分が立ちっぱなしだったことに初めて気付き、慌てて座ってみたが、何だかぎこちない動きになってしまった。

それを見て、伊織が声を上げて笑った。

何と愛らしく、朗らかな笑顔なのだろう。見ているだけで、心がふわっと温かくなる気がする。

不思議なことに、その笑顔を見た瞬間、八十八の中に漂っていたもやもやが消し飛んだ。

「縁談が決まったそうですね。おめでとうございます」

八十八は、畳に手を突いて頭を下げた。

強がったわけではなく、本心から出た言葉だ。

伊織が、今のような笑顔で過ごすことができるなら、それが一番幸せなことだし、八十八はそれを強く願った。

自分の想いなどより、伊織に幸せであって欲しいと感じたのだ。

「面《おもて》を上げて下さい。本当は、昼にお訪ねしたときに言おうと思ったのですが、どう切り出していいのか分からなくて……」

「すみません。私が、察すれば良かったのです」

「本当にそうですよ。八十八さんは、いつも鈍いんですから」

「す、すみません」

まさにその通りなので、返す言葉がない。

困った顔つきで、頭をかく八十八を見て、伊織がまた声を上げて笑った。

目に光るものがあった。笑い過ぎたのだろうか？　それとも、何か哀《かな》しいことでも思い出したのだろうか？

「それで、お相手は、どのような方なのですか？」

八十八が訊ねると、伊織がわずかに顔を曇らせた。

この感じ——もしかしたら、伊織にとって望まぬ相手なのだろうか？

「誉田家の嫡男《ちゃくなん》で、鉄一郎《てついちろう》さんという方です。天然理心流《てんねんりしんりゅう》の道場に出入りされていて、そこで——」

「そうですか」

「私も、詳しく存じ上げているわけではありませんが、とても、お優しい方だと思います」

「それは良かった」

八十八は、心底胸を撫《な》で下ろした。

家柄のいい武家の嫡男で、剣術も嗜《たしな》んでいて、優しいとなれば、言うこと無しだ。きっと伊織にとって良い縁談なのだろう。

正直、種々の気持ちはある。だが、これはもう仕方のないことだ。八十八は逆立ちしたって、武家の家柄は手に入らない。

これからの伊織の幸せを願うばかりだ。

などと考えているうちに、浮雲と新太郎が戻って来た。

「どうだ。気は済んだか?」

浮雲が、意味深長な笑みを浮かべながら訊ねてくる。

いったい何のことを言っているのか分からないが、取り敢《あ》えず「はい」と答えておいた。

浮雲は、何だか不満げに眉《まゆ》を顰《ひそ》めたが、やがて「行くぞ」と声を上げた。

八十八は、伊織に一礼してから部屋を出た。

「もういいのか？」

家の外に出たところで、浮雲が訊ねてきた。

「何がです？」

「あの小娘のことだ。やっぱり惚れていたんだろ」

浮雲の口調は、いつになく柔らかかった。

「そうですね」

「ようやく認めたか」

「もう、いいじゃないですか」

「良くはねぇだろ。惚れているなら、今からでも遅くねぇ。さっさと奪っちまえばいい」

墨で描かれた眼が、八十八を見据える。

きっと、浮雲ならそうするのだろう。だが、八十八にはそれはできない。

「いいのです」

八十八は、そう言ってふと空を見上げた。

そうしないと、目から涙が零《こぼ》れ落ちてしまいそうだったからだ。

伊織は、相手の鉄一郎のことを、あまり知らないと言っていた。恋い焦がれて嫁ぐわけではない。

でも、そんなことは、別に珍しいことではない。嫁ぎ先によって、自分の家の出世が決まったりもするのだ。

武家の娘となると尚《なお》のことだ。嫁ぎ先によって、自分の家の出世が決まったりもするのだ。

伊織は、父や新太郎のことを考えて、嫁ぐという決断を下したのだ。

八十八が余計なことをすれば、それに水を差すことになる。いや、そもそも、伊織と恋仲だったわけではない。

八十八が、一方的に伊織に惚れていただけだ。それも、たった今、それに気付いたばかりという有様だ。

もし、前もって浮雲の言葉に耳を傾け、伊織に惚れていると認めていたら、変わったのだろうか？

八十八は、苦笑いを浮かべて首を振った。

何も変わらない。自分の想いに気付いたところで、武家の身分が手に入るわけではないのだ。

分かっているのに、こんなに胸が苦しいのは、どうしてだろう――。

「お前が納得してるなら、それでいい」

浮雲は、静かに言うとゆっくり歩き出した。

「これからどうするのですか？」

八十八は、気持ちを切り替えて訊ねた。

伊織の婚姻の話に気を取られてしまっていたが、本来、そこは問題ではない。伊織が体験した心霊現象を解決することが目的だ。

「こちらで、色々と調べておく。今日のところは、家に帰れ」

浮雲は、ぶっきらぼうに言うと、そのまま八十八を残して歩き去ってしまった――。

五

「伊織さん、嫁がれるんですってね」

夕飯が終わったあと部屋にいると、姉のお小夜《さよ》が入って来て、そう切り出した。

お小夜の耳に入るほどに、噂《うわさ》になっているようだ。

「ええ。そのようです」

八十八が答えると、お小夜はわずかに睫《まつげ》を伏せた。

「仕方ないわよね」

「何がです？」

「武家の娘さんですもの。あなたの気持ちは分かるけど、仕方のないことよ」

お小夜が、しみじみとした口調で言う。

「姉さん。何を言っているのです？」

八十八が問うと、お小夜がより一層、哀しげな表情を浮かべる。

「強がらなくてもいいのよ。分かってるから」

「ああ……」

どうやら、姉のお小夜も浮雲と同様に八十八が伊織に惚れていると感じていたようだ。そうなると、気付いていなかったのは、自分自身だけ――ということになる。

本当に、情けないことだ。

「大丈夫ですよ。そんなに心配しないで下さい」

八十八が笑みを浮かべると、お小夜も笑みを返した。

「不器用なんだから」

「他人のことを言えた義理ですか？　私より、姉さんはどうなんです？　誰か想い人はいないのですか？」

話を逸らすつもりで訊ねたのだが、口にしてからしまった――と思う。

案の定、お小夜は顔を真っ赤にして目を潤ませている。

明らかに恋をする女の顔だ。

お小夜が誰に恋い焦がれているのか、わざわざ名を聞かずとも察しはついている。その相手は、事もあろうに浮雲だ――。

別に浮雲のことは嫌いではない。頼りになるし、話していて面白い。だが、お小夜の相手となるとそれは別だ。

年中酒を呑んでばかりだし、手癖の悪さもある。何より、女に対するだらしなさは目に余る。あの社で半裸の女の姿を目にしたこともある。

お小夜が、浮雲などと一緒になったら泣きを見るのは明らかだ。

「私のことはいいのよ。そんなことより、今は辛《つら》いと思うけど、きっとまたいい出会いがあるわよ」

お小夜は、そう告げてから逃げるように部屋を出て行こうとしたが、ふと足を止めた。

「あのお方――浮雲さんは、元気にしていらっしゃるのかしら？」

「あ、うん」

八十八は、曖昧《あいまい》に答える。

「そう。もし良かったら今度……何でもないわ」

お小夜は、自ら言いかけた言葉を打ち消し、そのまま部屋を出て行った。

余計なことは言うものではないな――と思いつつも、自分などがお小夜の恋路を邪魔していいのか？　とも思う。

お小夜が、幸せであれば、それでいいではないか。身分が違うわけでもあるまいし――。

ふうっと息を吐いた八十八は、文机《ふづくえ》の前に正座した。

眠る前に、どうしても描いておきたいものがあった。伊織の姿だ。

紙を置いて、筆を走らせる。

伊織を目の前にしなくても、その姿は目の奥に焼き付いている。

止まることなく、描き続ける。

これまで、幾度となくこうして絵を描いてきたが、いつも雑念が付きまとっていたように思う。

丁寧に、正確に姿形を真似《まね》ようと描いていた。

だが、今は違う。

内側から溢《あふ》れる想いを、ただ筆にのせ、一心不乱に描く。

心の赴くままに――。

どれくらいの時が経ったのだろう。気付けば、紙の上で伊織が微笑《ほほえ》みを浮かべていた。

八十八自身、自分の絵を見て驚いた。

これまで描いてきたどの絵とも違っていた。

「ほう。見違えましたな」

急に声が降ってきた。

八十八が、はっと振り仰ぐと、そこには深編笠《ふかあみがさ》を被《かぶ》った虚無僧《こむそう》が立っていた。

ぼろぼろの法衣《ほうえ》を纏《まと》ったその虚無僧に、八十八は覚えがあった。

「か、狩野遊山《かのうゆうざん》――」

八十八が口にすると、虚無僧は深編笠をゆっくりと外した。

その見てくれに反して、色白で女と見紛《みまが》うほど線の細い顔立ちをしている。だが、その姿に惑わされてはいけない。

狩野遊山は、かつては狩野派の絵師だった男だが、今は言葉巧みに他人の心を操り、破滅へと導く呪術師だ。

それだけでなく、浮雲や土方《ひじかた》でも勝負がつかないほどの剣の達人でもある。

これまで、幾つもの事件で暗躍し、数多《あまた》の人々を殺《あや》めてきた。

「そんなに驚かないで下さい」

狩野遊山は、薄い笑みを浮かべながら言う。

「い、いつの間に――」

八十八は、おののきながら声を上げる。

絵を描くことに集中していたとはいえ、八十八は狩野遊山の存在にまったく気付かなかった。

「何を仰《おつしや》っているのですか。私は、ずっとここであなたが絵を描く姿を見ておりました──」

狩野遊山が、わずかに目を細める。

ずっと、絵を描く姿を見られていたのか──そう思うなり、背筋がぞくっと震えた。

「いったい何のために？」

八十八は、恐怖を呑み込みながら訊ねた。

狩野遊山が、何の目的もなく、ただ八十八が絵を描くのを見に来たというのはあり得ない。

おそらく、何か別の目的があってのことだろう。

それは、もしかしたら、八十八の命を奪うことかもしれない。実際に、これまでに狙《ねら》われたこともある。

「そう警戒しないで下さい。あなたの命を奪いに来たわけではないのですから」

「違うのですか？」

「ええ。あくまで、今回は──ということですが」

「信用できません」

八十八が、きっぱりと言うと、狩野遊山の顔から笑みが消えた。

「信用できないなら、どうしますか？」

「え？」

「殺される前に、私を殺しますか？」

狩野遊山の問いに、八十八はごくりと喉《のど》を鳴らして息を呑み込んだ。

「私は……」

「今日は、言伝《ことづて》があったのです」

「言伝？」

「ええ。あの男に伝えて欲しいことがあります」

「伝えたいことがあるなら、私などに言わず、本人に直接言えばいいじゃないですか」

八十八は、震える喉に意識を集中させながら言う。

狩野遊山の言うあの男とは、浮雲のことだ。浮雲の居場所など、とうに分かっているだろうから、わざわざ八十八のところに足を運ばず、本人に直接言えば済む話だ。

「私もそうしたいところですが、あの男とは、色々と因縁がありましてな。顔を合わせれば斬り合いになってしまう――」

狩野遊山は、小さく首を振りながら言う。

八十八の中に、ふと堀口家の事件の顚末《てんまつ》が蘇《よみがえ》った。あの事件のとき、浮雲は狩野遊山のことを、「おれの友だった――」と言っていた。

だが、今の二人には、その面影はない。それこそ狩野遊山が言ったように、顔を合わせれば、斬り合いになってしまうほどの殺伐とした雰囲気が漂っている。

「いったい、何を言伝しようというのですか？」

八十八が訊ねると、狩野遊山が小さく顎を引いて頷いた。

「陰陽師《おんみようじ》の言葉に惑わされるな――そう伝えておいて下さい」

言い終わるなり、狩野遊山は深編笠を被ると、部屋を出て行こうと障子戸に手をかけた。

どうやら、本当に今回は八十八を殺すつもりではないらしい。

ほっと息を吐いたのも束の間《つかのま》、障子戸を開けたところで、狩野遊山がぴたりと動きを止めた。

そのまま、ゆっくりと八十八の方を振り返る。

――やはり斬る気なのか？

八十八は、ぎゅっと身体《からだ》に力を込めて身構える。

そんなことをしたところで、狩野遊山から逃れることはできないだろう。

「さっき言ったことは、嘘《うそ》ではありませんよ」

何のことだか分からず「え？」と聞き返す。

「その絵は、とてもいい絵です。見違えました。影はありませんが、情念の入った美しい絵です」

狩野遊山が、文机に置いてある伊織の絵を指差した。

これまで、狩野遊山には、絵に心がないとか、影がないとか、散々な言われようをしてきた。

どうして、急に正反対のことを言ったのか、八十八には分からなかった。

「影がなくても、こうも美しい絵が描けるのですね。いや、影がないからこその、この絵なのかもしれません」

狩野遊山は、呟《つぶや》くように言うと、そのまま部屋を出て行った。

半ば呆然としている八十八に、文机の上の伊織が微笑みかけていた——。

六

八十八は、翌日の朝一番に浮雲が根城にしている神社の社を訪れた。

「おはようございます」

声をかけながら格子戸《こうしど》を開けると、相変わらず浮雲は盃の酒をちびちびと呑んでいた。

傍《かたわ》らでは黒猫が丸くなって寝ている。

そしてもう一人——土方歳三《としぞう》の姿もあった。

土方は薬の行商人をやっていて、何かと顔が広い。八十八が、最初に浮雲と出会ったのも、土方の紹介があってのことだ。

「土方さんも来ていたのですね」

「ええ。この男に、少しばかり頼まれたことがありましてね」

土方がにっこりと笑う。

普段は、柔和な笑みを浮かべ、商売人らしく愛想もいいのだが、一度《ひとたび》剣を手にすると、その様相が一変する。

まるで、鬼神の如《ごと》くである。

「で、八は何しに来たんだ？」

浮雲が気怠《けだる》げに言う。

ずいぶんな言い方だ。わざわざ口に出さずとも、分かっているはずだ。

「伊織さんの件ですよ」

「ああ。あれか……」

そう言ったあと、浮雲は視線を目の前の床に向けた。そこには、箱が置いてあった。

昨日、伊織の部屋から持ち帰った飾り箱だ。

「その箱が、事件と何かかかわりがあるのですか？」

八十八が問うと、浮雲は「ああ」と呟き、箱を手に取った。

こうやって改めて見ると、綺麗《きれい》な箱だ。単純に、板を張り合わせたのではなく、異なる色に染めた木を組み合わせ、格子のような模様ができている。

とても、心霊現象がからんでいるようには見えない。

「いったい、どんなかかわりがあるのですか？」

呟いたきり、答えようとしない浮雲に訊ねてみた。

「これは、ただの箱じゃねぇ。コトリバコだ」

「コトリバコ？」

「ああ。子どもを取る箱で――子取り箱だ」

「それは、どういうものなのですか？」

どんな字を書くかを訊いたものの、それがなぜ心霊現象に繋《つな》がるのかが、どうしてもピンとこない。

「子取り箱は、古くから伝わる呪術の箱だ」

「呪術？」

「そうだ。まあ、見てみた方が早いだろうな……」

浮雲は、そう言いながら、箱にある木片の一つを、指ですっと押し込む。それと同時に、別の場所の木片がずいっと前に突き出る。

浮雲は、今度は側面の木片を押し込み、次に、さっき飛び出した木片を押し込んで元に戻す。

そこまでして、ぱかっと箱の蓋が開いた。

どういう仕組みかは分からないが、簡単には開かないような仕掛けが施してあるのだろう。

浮雲は、蓋の開いた箱を床の上に置く。

どうやら、中を見てみろということのようだ。八十八は、身を乗り出して箱の中を覗《のぞ》き込む。

むっとするような、生臭い臭いが鼻を掠《かす》める。

顔を顰《しか》めつつも、目を凝らすと、箱の中は、赤黒い塊のようなもので満ちていた。

「これは、何です？」

訊ねると、浮雲はうんざりだという風に、ぼさぼさの髪をかき回した。

「獣の血だ――」

「え？」

八十八は、思わず仰《の》け反《ぞ》る。

「子取り箱を作るためには、まず箱の中を獣の血で満たし、そのまま七日ほど放置する。次に、箱の中に、間引いた子どもの身体の一部を入れる――」

「ま、間引いた子ども？」

八十八は思わず声を上げた。

子どもを間引くとは、貧困に喘《あえ》ぐ村などで、食い扶持《ぶち》を減らすために、子どもを殺す行為のことだ。

話に聞いたことはあるが、実際に行われていると考えると、何とも心が痛む。

「そうだ。子取り箱は、西方の貧しい村が発祥だと言われている。迫害にあい、苦しんだ者たちが、復讐《ふくしゅう》のために生み出したのが子取り箱だ」

「復讐ですか――」

「ああ。さっきの手順で作った子取り箱を、憎んでいる相手の家に送りつけ、呪《のろ》いで家ごと葬《ほうむ》るってわけだ」

浮雲の説明を聞き、背筋がぞわぞわっと震えた。

「な、何とおぞましい……」

「同感だ」

ここまで話したところで、八十八は引っかかりを覚えた。

「あの……もしかして、何者かが、意図的に子取り箱を伊織さんに買わせた――ということは考えられませんか？　萩原家を呪うために――」

伊織は、小間物屋でこの箱を買ったと言っていたが、それは偶然などではなく、そうするように仕向けられたということもあり得る。

「おれも、それを考えなかったわけじゃない。だがな……」

浮雲が尖《とが》った顎に手を当てる。

「何です？」

「萩原家を呪う理由がねぇ」

「どうしてですか？」

「それは、お前にだって分かるだろう。あの家の連中が、こんな物を売りつけられるほど、誰かに恨まれていると思うか？」

「それは……」

浮雲の言う通りだ。

伊織にしても、新太郎にしても、誰かから恨みを買うような人柄ではない。

ただ、八十八がそういう考えに至ったのには理由がある。昨晩、突如として八十八の部屋に現われた、狩野遊山の存在だ。

呪術師である狩野遊山が、姿を見せたということは、そこに何かしらの作為を感じる。

「狩野遊山が、萩原家を追い落とすために、この子取り箱を使った――ということは、考えられませんか？」

八十八は自らの考えを口にした。

「どうして狩野遊山が出てくる」

浮雲が怪訝《けげん》な表情を浮かべる。

確かに、浮雲にとっては唐突な感じがしたかもしれない。八十八は、昨晩、狩野遊山が突然、家にやって来たことを浮雲に告げた。

「なるほど。それで、奴《やつ》の名前を出したということか――」

浮雲が苦い顔をしながら言う。

詳しい事情は知らないが、浮雲と狩野遊山との間には、何やら因縁があるらしい。斬り合いをしなければならないほど、深い事情だ。

「奴は、何か言っていたか？」

「陰陽師の言葉に、惑わされるな――というようなことを言っていました」

「陰陽師――か」

浮雲は、子取り箱をじっと見つめる。

「狩野遊山が、わざわざ姿を現わした上で、浮雲さんに言伝を残したということは、何かあると思うんですが……」

「そう思うのは、無理ないかもしれねぇが……」

妙に歯切れが悪い。

「何か引っかかるんですか？」

「奴が、萩原家を狙う理由がねぇ」

浮雲がぶっきらぼうに言った。

「どうしてです？」

「武家だし、権力争いって線も考えたが、正直、萩原家の家柄は、中の下ってところだ。こんな手間暇かけてまで、潰すような相手じゃねぇ」

浮雲の言い分はもっともだ。一口に武家と言っても、その規模は様々だ。萩原家は、それほど大きな権力を持っているわけではない。

「狙いは、伊織さんの縁組み相手の誉田家ということは、ありませんか？」

八十八は、思いついたことを口にした。

伊織が嫁ぐ誉田家は、幕府直参の名家だという話だ。誉田家に害をもたらすために、伊織に子取り箱を渡した――ということも、充分に考えられる。

「まあ、その線ならあり得るかもしれません」

土方が言った。

浮雲が、尖った顎に手を当てながら、うんと大きく頷いた。

「何にしても、一度、調べてみる必要がありそうだ」

そう言ってから浮雲が立ち上がった。

「私も行きます」

八十八も、声を上げながら立ち上がった。

七

「お前は、本当に気持ちの整理がついたのか？」

浮雲が歩きながら声をかけてきた。

いつものように、墨で眼が描かれた赤い布で両眼を覆い、金剛杖を突きながら、盲人のふりをしている。

「気持ちの整理とは何のことですか？」

八十八が問うと、浮雲がピクッと頬を震わせた。

「いちいち言わなくても分かってるだろ。あの小娘のことだ」

どうやら、八十八のことを気遣ってくれているらしい。

普段はぶっきらぼうに振る舞っているが、浮雲の心根が優しい証拠だ。あるいは、日頃から、八十八をからかってきたことに、責任を感じているのかもしれない。

「ええ。すっきりと整理がつきました」

八十八は、明るい声で言った。

昨晩、伊織の絵を描いていて、すっかり気持ちが楽になった。元々、叶わぬ想いだった。伊織が幸せなのであれば、それでいいと思っている。

嘘偽りのない、自分の本心だ。

そのはずなのに、どういうわけか、胸にちくりと刺すような痛みを感じた。

「無理しているように見えるがな」

「そんなことありません。私は、これで良かったと思っているのですから——」

「そうやって、明るく振る舞うところが胡散臭《うさんくさ》い」

浮雲が、墨で描かれた眼で八十八を見据える。

「妙なことを言わないで下さい」

「別に妙じゃねぇだろ」

「妙ですよ。あっ、そういえば、狩野遊山も妙なことを言っていました」

「何を言っていた」

「影がなくても、美しい絵だ——と。私の絵を見て、そう言っていました」

八十八が思い出したことを口にすると、途端に浮雲の顔が険しいものになった。

「何を描いていたんだ?」

「伊織さんです。あの人に、褒められるなど初めてだったので、少し妙だと思ったんです」

八十八が答えると、浮雲がむっと顔を顰めた。

「奴がそんなことを……」

「ええ」

しばらく、考え込むようにしていた浮雲だったが、小さく首を左右に振った。

「今は、色々と考えても仕方ねぇ。とにかく、行くぞ」

浮雲が再び歩き出した。

「はい」

八十八は、返事をしつつ浮雲のあとに続こうとしたが、何かに蹴躓《けつまず》いて転んでしまった。

はっと見ると、道端に人が座っていた。

ボロボロの赤い着物を羽織り、髪はぼさぼさで、肌は土埃《つちぼこり》で汚れている。怪我をしているのか、茶色く変色した包帯のようなもので、顔の半分ほどが覆われていた。

見るからに物乞《ものご》いだった。

「す、すみません」

八十八が詫《わ》びると、その人物は、すうっと竹を編んで作った器のようなものを差し出してきた。

中には、少しばかりではあるが小銭が入っていた。

何も言いはしなかったが、謝罪はいいから金を寄越《よこ》せ——ということのようだ。

八十八は、仕方なく小銭を取り出し、その竹の器に入れた。

中身を確認して満足したのか、その物乞いは、立ち上がると、ふらふらと歩き去って行った。

「元は武家の女だな」

呆然としている八十八の横で、浮雲が言った。

とっくに先に行ったと思っていたが、いつの間にか戻って来ていたようだ。

「武家？」

八十八は、思わず声を上げた。

あんなに薄汚れた女が、元武家だと言われても、どうにもしっくりこない。

「家が取り潰しにでもなったんだろうよ。ああやって、物乞いをしなきゃならねぇってのは、憐《あわ》れだな」

「ど、どうしてそこまで分かるんですか？」

「簡単なことだ。あの女が羽織っている着物は、相当に高価なものだ。色街の女が着るようなものとは、明らかに違う。それなりに、身分の高い女だったんだろ」

「でも、それだけで武家だって分かるんですか？」

「あの女の背後には、うじゃうじゃと幽霊が憑依している」

「え？」

「おそらく、あの女の縁者であろう武家の連中さ。血を流し、憎しみに打ち震え、現世にしがみついているのさ」

浮雲の話を聞き、急に女の姿が哀しく見えた。

「武家でも、あのようになってしまうことがあるのですね」

八十八が言うと、浮雲がふうっとため息を吐いた。

「ああ。特に武家の女には世間を渡る術《すべ》もないだろう」

浮雲の言葉が、じわっと胸に広がり、伊織の顔が頭に浮かんだ。

あのように物乞いに身を落とすくらいなら、直参旗本の家に嫁ぎ、安泰であった方が、やはり幸せなのだろう。

八十八は、改めてそのことを実感した。

「とにかく行くぞ」

浮雲は、そう言って歩みを進める。

八十八も、そのあとを追いかけた。

すぐに小間物屋が見えてきた。伊織が、あの箱を買ったという店だ。

店というより、小屋なのではないかと思うほど小さい造りで、かなり古いらしく、建物が傾《かし》いでいるように見える。

「いらっしゃい」

浮雲と一緒に中に入ると、店の主《あるじ》と思《おぼ》しき男が、声をかけてきた。

年齢は、五十手前くらいだろうか。丸顔で、いかにも人の好さそうな男だった。

「ここの主は、お前か？」

浮雲が問う。

小間物屋の主は、浮雲の風貌《ふうぼう》に、一瞬たじろいだようだったが、すぐに表情を和《やわ》らげた。

「へい。私に、何か御用ですか？」

「お前に、少し訊きたいことがある」

「何でございましょう？」

「これに、覚えはあるか？」

浮雲が懐から子取り箱を取り出し、主に手渡した。

主は、しげしげとその箱を見つめていたが、やがて、「はて？」と首を傾げた。

「これは何でございましょう？」

「お前の店の品ではないのか？」

「違います。まったく覚えがありません」

主は、子取り箱を浮雲に返しながら言う。

「それは確かか？」

「ええ。品物の仕入れや値付けは、全部私がやってますから」

「しかし、この箱をここで買ったという人がいるんです」

　八十八が言い添える。

「どなたですか？」

「武家の萩原家のお嬢さんです」

「存じませんね。そもそも、こんな小さな小間物屋に、武家の娘さんなんざ来やしませんよ。来ていたら、絶対覚えてます」

　主の言葉は、もっともだった。

　失礼な言い方だが、どうして伊織がこんな店に足を運んだのかが分からない。もっと、大きな店に行きそうなものだ。

「もう一つ訊いていいか？」

　八十八が考えている間に、浮雲が訊ねた。

「はあ、何でしょう？」

「仕入れは、自分でやっていると言っていたが、その間、店はどうしているんだ？　誰か代わりの者が見てるのか？」

「うちに人を雇う余裕なんてありませんよ。仕入れに行っている間は、店には誰もいません」

「え？　盗みに入られたりしませんか？」

八十八が、思わず口を挟む。

店を無人のままにしておくなんて、あまりに不用心だ。

「うちには、盗むものなんてありゃしませんよ」

主が投げ遣《や》りに言った。

「そ、そんな……」

「見て分かる通り、店の中には、ほとんど品物を置いてませんからね。うちは、依頼を受けたものを仕入れて、それを直接客に届けるってやり方ですからね」

言われて納得する。

確かに、店の中には品物がなく、がらんとしている。さっき、子取り箱を自分の店の品ではないと即答できたのも、そうした事情があるからだろう。

「分かった。邪魔したな――」

浮雲は、そう告げると店を出て行った。

八

「この人ではないと思います」

伊織がそう言いながら、首を左右に振った。

浮雲に頼まれて、八十八は伊織の許を訪れ、小間物屋の主の似顔絵を見てもらったのだ。

伊織が会った小間物屋の主と、八十八たちがさっき会った人物が、別人なのではないか──というのが浮雲の考えだったが、それが的中したことになる。

「では、どんな方でしたか？」

八十八が訊ねると、伊織は考えを巡らせるように、視線を宙に漂わせた。

「そうですね──もっと痩せていて、顎に一本鬚《いっぽんひげ》を生やしていました。白粉《おしろい》を塗っているみたいに、白い顔をしていて」

「なるほど」

伊織の話を聞きながら、八十八は紙に筆を走らせる。

「それから、目が隠れてしまうくらい、にこにこと笑っていました」

「こんな感じですか？」

八十八は、糸のように細い目を描いて、伊織に見せた。

「さすが八十八さんですね。そっくりです」

伊織が似顔絵を見て、感心したように何度も頷いた。

「そうですか」

八十八は、自分の描いた似顔絵に改めて目を向ける。

さっき会った主とは、まったくの別人ではあるが、どこかで見たことがあるような気がしてならなかった。

「凄《すご》いですね――」

伊織が、ポツリと言った。

「何が――です？」

「八十八さんは、一段と腕を上げましたね」

「腕？」

「ええ。似顔絵だけですが、それでも、以前とは比較にならないほど、お上手になりました」

「そ、そうですか？」

「筆遣いが、繊細で美しいです」

「あ、ありがとうございます」

そんな風に真っ正面から言われると、照れ臭くなってしまう。

「そういえば、約束を、まだ果たしてくれていませんでしたね」

伊織が睫を伏せながら言った。

口許には笑みを浮かべているが、どこか哀しげだ。

「約束？」

「ええ。私の絵を描いて下さる——と」

その約束を、覚えていてくれたことが嬉しかった。

昨晩、伊織の絵を描いたのだが、それは、その姿を思い浮かべながら描いたものだ。面と向かって、微笑む伊織の姿を描く自分を夢想した。

だが、それも今となっては、もう叶わない。

伊織は、もうすぐ嫁ぐ身だ。

「覚えていてくれただけでも、嬉しいです」

「八十八さん……」

「前に、浮雲さんに言われたんです。さっさと描かないと、手遅れになるぞ——と。まさに、その通りになりましたね」

八十八は、伊織に対する自分の気持ちを隠すように、笑みを浮かべてみたが、自分でも分かるほどに引き攣《つ》ったものになってしまった。

「八十八さん……」

じっと見つめる伊織の眼差《まなざ》しを受け止めきれず、八十八は「では、私はこれで——」と逃げるように席を立った。

そそくさと萩原家を出た八十八は、足許だけを見つめながらとぼとぼと歩いた。

伊織への気持ちに、踏ん切りをつけたはずなのに、どうして、こんなにも胸が騒ぐのだろう――。

今さら、足掻いたところで、決まったことを覆《くつがえ》せるはずもない。

そもそも、呉服屋の倅である八十八が、伊織とどうこうなることは、あり得ないのだ。

九

「こんにちは」

八十八は、居酒屋、丸熊《まるくま》の暖簾《のれん》を潜《くぐ》った。

「おう。八か。旦那《だんな》なら、上にいるぜ」

亭主の熊吉《くまきち》が、いつもと変わらぬ明るい声で言う。

「ありがとうございます」

八十八は、二階に上がり、手前にある部屋の襖《ふすま》を開ける。

「来たか――」

浮雲は、壁に寄りかかるように座り、盃の酒をちびちびと呑んでいた。

「相変わらず、呑んでばかりですね」

八十八が言うと、浮雲はぎろっと赤い双眸で睨《にら》んできた。

あまりの迫力にたじろぐ。

「おれに八つ当たりするんじゃねぇよ」

「べ、別に、八つ当たりなんて……」

「言っておくが、武家の娘を逃したのは、お前自身のせいだ。身分だ何だと、いつまでもうじうじしているから、辛い思いをする」

容赦のない浮雲の言葉に、八十八の胸がじりっと痛んだ。

わざわざ指摘されなくても分かっている。だが、たとえ八十八が伊織に想いを告げたところで、身分の違いは動かせないのだ。

ただ、それを言ったところで、浮雲が大人しく引き下がるとも思えなかった。

「そうですね。私が臆病なのがいけなかったんです」

八十八は、ため息交じりに言うと、浮雲の向かいに腰を下ろした。

ちょうどそのとき、襖が開いて土方が部屋に入って来た。

「おや。お揃《そろ》いですね」

ニコニコと柔和な笑みを浮かべながら、土方は座った。

「歳。何か分かったのか？」

浮雲が問うと、土方はこくりと大きく頷いた。

「誉田家について、色々と調べてみました。鉄一郎は、なかなか評判のいい人物のようですね」

「ほう」

「武士特有の横暴さもなく、使用人たちに対しても、気さくに接する気持ちのいい男だという話です」

土方の話が本当なら、益々、伊織の幸せは保証されたようなものだ。

それは、八十八の望んでいたことなので、安堵するべきところのはずなのに、心が重くなった。

「ただ……」

土方が言い淀《よど》んだ。

「ただ——何だ？」

浮雲が先を促す。

「少し妙な話を聞きました」

土方の声が低くなる。

「妙な話とは？」

浮雲が、盃の酒を呷りながら促す。

「これまでも何度か、鉄一郎に縁談が持ち上がったことがあるそうなのですが、そのことごとくが破談になっているようです」

「破談？」

八十八は、思わず声を上げた。

誉田家との縁組みを破談にするような理由など、どこにもないように思われる。

「それは何故《なにゆえ》だ？」

「理由は、それぞれです。ある家は、嫁ぐはずだった娘が、自ら命を絶ったそうです。別の家では、嫁ぐ娘の気が触れ、家の者を斬り殺してしまったとか――」

あまりのことに、八十八は絶句した。

「確かに、それは妙だな」

浮雲が顎に手を当て、考え込むような顔をした。

誉田家の側に問題があったわけではないが、それでも不穏なものを感じてしまう。ただの偶然とは片付けられないような気がする。

今、伊織の家で起きている心霊現象は、過去の破談と何かしらのかかわりがあるのかもしれない。

もし、そうだとすると、伊織も自ら命を絶ったり、誰かを殺めたり――といった行動に出てしまうのだろうか？

「で、八の方はどうだったんだ？」

浮雲の問いが、八十八の思案を遮った。

「やはり、伊織さんと、私たちが会った主は、別人のようです」

八十八は、そう言いながら、伊織から話を聞いて描いた似顔絵を取り出し、浮雲に手渡した。

浮雲は、その似顔絵をまじまじと見たあと、ふうっと長いため息を吐いた。

「別人だったということは、伊織さんに、子取り箱を買わせた、何者かがいた――ということですよね？」

八十八が訊ねると、浮雲は顎を引いて頷いた。

「そうだな。此度《こたび》の一件は、あの娘を狙ってのことに間違いないだろう」

「いったい誰が？」

「誰かは分からんが、状況から考えて、あの娘の婚姻を快く思わない者――ということになるだろうな。いや、違うな。正確には、誉田鉄一郎の婚姻を望まぬ、何者かがいるんだろうな」

「それは誰です？」

八十八が、もう一度問うと、浮雲が急に目を細めた。

猜疑《さいぎ》に満ちた視線に、八十八は思わず戸惑う。

「それを明らかにしていいのか？」

「え？」

「鉄一郎の婚姻を邪魔する何者かがいたとして、それを暴き出すということは、二人の婚姻を手助けすることになるのだぞ」

　そう浮雲に言われ、一瞬、言葉に詰まった。

　そういう一面があるのは確かだ。邪魔する何者かがいるのなら、このまま何もせず、黙っていれば、破談になるかもしれない。

　だが、それは同時に、伊織の身に危険が及ぶということにもなる。

　それだけではない。そんな風にして破談になり、伊織が不幸になるのを見るのは耐えられない。

「私は、自分の想いを遂げるより、伊織さんの幸せを手助けしたい。どうせ叶わぬ想いなのです。せめて――」

　八十八が言うと、浮雲が嬉しそうに笑った。

「八は、本当にいい男だな」

「茶化さないで下さい」

「別に、茶化しちゃいねぇよ。たいていの奴は、自分のことばかりだ。だが、八はそうじゃない。自分以外の誰かのために、身を削ることができる」

　浮雲に真顔で言われ、八十八は大いに戸惑った。

「私も同感です」

　土方が賛同の声を上げる。

「二人とも、止めて下さい。私はただ……」

その先、どう言っていいのか分からず、口籠《くちご》もるしかなかった。

「まあいい。お前がそこまで言うなら、一肌脱いでやろうじゃねぇか」

浮雲が、そう言って立ち上がった。

「憑きものを落としに行くのですか？」

八十八が問うと、浮雲は赤い双眸を細めた。

「憑きものを落とす前に、少しばかり支度をする必要がある。お前は、家で待っていろ」

いよいよ、謎が解ける――普段なら、そのことに興奮を覚えるのだが、今回は、どうにも嫌な予感がしてならなかった。

十

あのあと、すぐに憑きもの落としが始まるのかと思いきや、浮雲からは家で待つように言われた。

夜にでも、浮雲がやって来るだろうと思っていたのだが、待てど暮らせど、音沙汰がなかった。

翌日、八十八は、浮雲が根城にしている神社の社に足を運んだのだが、浮雲の姿は見当たらなかった。

仕方なく家に帰り、二日が経《た》ってしまった。

三日目の朝、ようやく家に訪ね人があったのだが、それは浮雲ではなく、意外にも伊織の兄の新太郎だった。

武家の嫡男が、呉服屋の家にやって来たことで、姉のお小夜は大いに狼狽《うろた》えることになった。

八十八も驚いた。

てっきり、浮雲か土方が呼びに来るものだと思っていたのに、まさか、こんなことになるとは思わなかった。

「どうして、新太郎さんがいらっしゃったんですか？」

八十八は道すがら、新太郎に訊ねてみた。

「私がそうすると言ったんです」

新太郎は、朗らかに言う。

「え？」

仮にも、武家の嫡男が、お使いのような仕事を進んでやるなんて、八十八には考えられなかった。

「これまで、八十八さんとは、顔を合わせていましたが、こうして二人で話すことはなかった。だから、いい機会だと思ったのです」

「いや、そんな恐れ多い」

これまで、新太郎と一対一で話をしようなどと思ったことは、一度もなかった。

そんなことは、あり得ないのだ。

「そう感じるのは、身分の違いがあるからですか？」

「は、はい」

言わずもがなである。

「身分というのは、厄介《やっかい》なものですね」

新太郎が、しみじみと言った。

「え？」

「身分だの家だのを気にして、自分の気持ちを押し殺すというのは、とても息苦しいものです」

「そのような……」

「伊織もね、此度の縁談を了承したのは、萩原家を思ってのことなのです。武家の娘として、その役割を全《まっと》うしようとしているのです」

「しかし、誉田家に嫁げば、安泰なはずですから、伊織さんにとってもいい縁談だと思います」

「それは、八十八さんの本心ですか？」

新太郎が、ぴたりと足を止めて問う。

「そのつもりです。伊織さんにとって、幸せなことだと思います」

「なるほど――」

新太郎は、腕組みをして感心したようにうんうんと頷く。

「私は、おかしなことを言っているのでしょうか？」

「いいえ。おかしくはありません。八十八さんは、心の底から、伊織のことを想って下さっていることが分かりました」

「あ、いいえ、私は、そんなつもりは……」

八十八は、慌てて首を振る。

浮雲や土方の前ならともかく、伊織の兄である新太郎の前で、自分の想いを表に出すべきではなかった。

たかが町人の分際で、武家の娘に想いを寄せるなど、身の程知らずもいいところだ。

「しかし、八十八さんは少しばかり、身分に縛られ過ぎですね」

「…………」

「伊織もそうです。もっと、思うままに生きればいいものを――」

武家の新太郎が、それを言ってしまうことに違和を覚えた。そもそも、こんな話をしているることが、他に知れれば、幕府に対する批判とも取られかねない。

昨今は、倒幕の気運が高まり、取り締まりが厳しくなっている。あまり余計なことを言うべきではない。

「そのような話は……」

八十八は、声を低くして新太郎を押し止《とど》めようとした。

しかし、当の新太郎は、さして気にした様子もなく、「行きましょうか――」と、再び歩き始めた。

やがて、萩原家に辿《たど》り着いた。

そのまま、客間に足を運ぶと、そこには、伊織と土方が待っていた。浮雲も来ているかと思っていたが、その姿は見えなかった。

「どうぞ。座って下さい」

新太郎に促され、八十八は腰を下ろした。

「もう、謎は解けたんですか？」

八十八は、小声で土方に訊ねてみた。

「ええ。大方は」

「では、これから憑きもの落としが始まる――ということでしょうか？」

「そうなります」

「私には、何が何だかさっぱり分かりません」

「それでいいのです」

「はあ」

「八十八さんは、自分の心に正直になって下さい」

「それはどういう意味ですか？」

「そのうち分かります」

土方は、それだけ言うと口を閉ざしてしまった。

何が起きているかは知っているが、今は、それを明らかにするつもりはないらしい。

こうなると、八十八も黙って待つしかない。

「何だか、妙な雰囲気ですね」

八十八が、ふうっと息を吐いたところで、伊織が声をかけてきた。

「そうですね」

返事をしながら伊織に顔を向ける。

言葉に反して、伊織はどこか楽しそうだった。婚礼を間近に控えて、心躍っているのだろうか？　そう思うと、ぐっと気持ちが沈んだ。

そうこうしているうちに、すっと襖が開き、浮雲が部屋に入って来た。

武士らしき若い男と、身なりのいい中年の女を従えていた。

「揃ってるな」

浮雲は、部屋の中をぐるりと見渡してから言う。

「あ、あの、そちらのお二方《ふたかた》は？」

八十八が声をかけると、浮雲は墨で描かれた眼を土方に向けた。どうやら、自分で説明するのは面倒臭いようだ。

「こちらは、誉田鉄一郎様と、その母上であられるお松《まつ》様です」

土方が告げる。

この人が、鉄一郎――。

八十八は緊張しつつも、改めて二人に目を向けた。

鉄一郎は、凜とした佇《たたず》まいで、歌舞伎役者にでもいそうな好男子だ。初めから分かっていたことだが、八十八などが勝てるものなど一つもない。

お松の方も、武家の女らしく、風格があるように見えた。

鉄一郎とお松は、黙礼をすると、それぞれ腰を落ち着けた。

武家の客間に、武家の人間と町人とが共に座っているのは、どうにも異様だ。普通なら、こんなことはあり得ない。

だが、墨で眼の描かれた赤い布を巻き、金剛杖を担いだ浮雲の存在が、世の理《ことわり》を打ち消してしまっているような気がした。

「さて――」

浮雲が、改めて部屋の中を見回してから切り出した。

「これから憑きものを落とすぞ」

十一

浮雲が、ドンッと金剛杖で畳を突くと、部屋の様子が一変した。

その場にいる者たち全員の表情が硬くなり、部屋の中の空気が張り詰めたようだった。

「まず、この家で起きた心霊現象の正体を明らかにしておく必要がある」

浮雲は、そう言うと懐から箱を取り出した。

あれは――子取り箱だ。

「やはり、その箱が原因だったんですね」

八十八が口にすると、浮雲は大きく頷いた。

「そこの嬢ちゃんが見た雀の大群。それに目玉――これらは、全て、この箱によってもたらされたものだ」

「恐ろしい」

思わず口をついて出た。

あの箱は、呪いの詰まった箱だったというわけだ。

「嬢ちゃんの話によると、この箱は、小間物屋から買ったものということだった。ところが、その小間物屋に足を運んで確認したところ、まったく覚えがないという」

「その者が嘘を吐いているということでしょう」

言ったのは、お松だった。

その言葉には、棘《とげ》があるように思える。

「いいや。そうではない。件《くだん》の小間物屋は、店を一人で切り盛りしていて、自分で仕入れをしているということだった。つまり、店を空けることが多々あったわけだ」

「主がいない間に、別の人間が成り済まして、伊織さんに子取り箱を売った——ということですね」

八十八が口にすると、また浮雲が大きく頷いた。

——やはりそういうことだったか。

「問題は、伊織に子取り箱を売ったのが誰か——ということですね」

言ったのは新太郎だった。

言葉に抑揚がなく、棒読みしているように聞こえる。

「売った人間が誰かは、もう分かっている。これを作った人間が誰かもな」

浮雲が、声高らかに言う。

「だ、誰です？」

八十八が問うと、浮雲は箱を動かし、底が見えるようにした。

そこには、格子状の模様が刻まれていた。あれは、ドーマン。つまり、蘆屋道満《あしやどうまん》に由来する模様だ。

あの模様を使うということは――。

「蘆屋道雪《どうせつ》――ですか？」

八十八は、畏《おそ》れと共に、その名を口にした。

「そうだ」

浮雲が答えると同時に、背筋に寒いものが走った。

蘆屋道満の子孫を名乗る陰陽師、蘆屋道雪。これまで、幾度となく呪いの道具を使い、様々な悲劇を引き起こしてきた人物だ。

翁《おきな》の面をつけ、他人の不幸を芝居でも観《み》るかのように愉《たの》しむ、不快極まりない男だ。

「ど、どうして蘆屋道雪が、伊織さんにそのような物を……」

八十八には、それが分からなかった。

蘆屋道雪には、伊織を狙うような理由は、何一つないはずだ。

「それは少し違うな」

「え？」

「嬢ちゃんに、子取り箱を渡すように、蘆屋道雪に頼んだ人間がいる」

浮雲は、そう言うと再び金剛杖で畳を突いた。

ドンッという音と共に、空気が揺れる。

「い、いったい誰が？」

「考えれば分かるだろう」

「分かりません」

「鉄一郎は、これまで何度か縁談が持ち上がった。だが、そのことごとくが破談になった。相手の娘が命を絶ったり、気が触れて誰かを斬り殺したりしてな」

丸熊で、そういうことが起きているという話をしていた。だが、それが今回の一件とかかわりがあるのだろうか？

八十八の脳裏に浮かんだ疑いは、すぐに一つの答えを導き出した。

「もしかして……」

「そうだ。そのもしかして——だ。それらの出来事は、今回と同じように、子取り箱によって引き起こされたものだ」

墨で描かれた浮雲の眼が、怪しく光ったように見えた。

「ちょっと待て。まるで拙者《せっしゃ》が、意図的に縁談を潰そうとしたかのような言い様だな。

そんなはずがないだろう。縁組みを申し入れたのは、拙者の方だ」

憤慨した様子で立ち上がったのは、鉄一郎だった。

鉄一郎の言い分ももっともだ。伊織との縁組みを望んでいながら、それを潰そうとしたのでは、辻褄《つじつま》が合わない。

しばらく、鉄一郎と睨み合っていた浮雲だったが、やがてふっと口許を緩めた。

「お前じゃない」

「え？」

「縁談を潰そうとしていたのは、あんただろ」

浮雲が眼を向けたのは、お松だった。

お松は、自分が見られていることを分かっているはずなのに、地蔵のように身を固くしたまま動かなかった。

「ど、どうして、そうなるのです？」

八十八が問いかけると、浮雲は面倒臭そうにガリガリと髪をかき回した。

「鉄一郎は一人息子だ。お松は、息子を愛するあまり、他の女に取られたくなかったのさ」

「取られるって、別に婿入《むこい》りするわけでもないでしょう？」

「親子としての愛情だけなら、そう目くじらを立てるほどではないかもしれない。だが、お松は、鉄一郎にそれ以上の感情を抱いていた」

「それ以上？」

「そうだ。いわゆる男女のそれ——だ」

「ま、まさか。そんな……」

八十八は、大いに狼狽えたが、お松の態度は違った。

きつく下唇を噛み、じっと睨みつけている。その相手は、伊織だった。

「お前のような女に、鉄一郎を渡すものか……」

低く唸るようにお松が言った。

「え？」

八十八が、声を上げたときには、もう遅かった。

お松は、懐剣を取り出すと、鞘《さや》を払い、真っ直ぐ伊織に襲いかかったのだ。

不意を突かれた伊織は、「あっ！」と声を上げながら、後ろに倒れ込む。

土方と新太郎が、すぐさま、お松を引き剝がして押さえつけた。

「い、伊織さん！」

八十八は、大急ぎで伊織に駆け寄った。

伊織の着物が、血で真っ赤に染まっていた——。

夥《おびただ》しい量だった。

「伊織さん！　しっかりして下さい！」

何とか、血を止めようとしたが、どこから流れ出ているのか分からず、困惑するばかりだった。

「八十八さん……」

伊織が、掠れた声で言う。

「伊織さん。私はここにいます」

八十八は、伊織の手を強く握った。

苦しそうにしていた伊織が、少しだけ表情を緩め、笑ったような気がした。

「八十八さん……。私は、もう駄目なようです……」

「そ、そんなこと言わないで下さい」

八十八は、必死に訴える。

嫌だ。嫌だ。嫌だ。こんなところで、伊織が死んでしまうなんて、到底、耐えられるものではない。

伊織の幸せを願って、身を引いたというのに、こんなことになるなら、いっそ——。

「最後に、どうしても言っておきたいことがあります……」

八十八を見る伊織の目が、潤んでいた。

「伊織さん……」

「私は、八十八さんのことを、お慕い申しておりました……。家のためにと、縁談を受けましたが、それでも、私は……」

「私などには、もったいないお言葉です……」

伊織が、自分を慕っていてくれたなど、舞い上がるほどに嬉しい。だが、それも、伊織の命あってこそだ。

こんな状況になってしまっては、もはや何の意味も成さない。

「八。最後だ。お前の素直な気持ちを、ちゃんと伝えてやれ」

いつの間にか脇に立っていた浮雲が、ポンと八十八の肩を叩《たた》いた。

やはり、伊織は助からないのか——。

だとしたら、浮雲の言うように、素直な気持ちを伊織にぶつけるべきなのだろう。

「私も、伊織さんのことをお慕い申しておりました」

「嬉しい」

伊織が、はっきりとした笑みを浮かべた。

「伊織さん」

「私は、全てを捨てる覚悟ができています。私と一緒にいて下さいますか?」

「もちろんです!」

八十八は、声を大にして言った。

もう、身分だなんだとつまらぬことを考える気は起きなかった。だが、それも全て手遅れだ――。

「約束ですよ」

伊織は、その言葉を最後に目を閉じた。

――ああ。逝《い》ってしまった。

八十八は、強く伊織の身体を抱き締めた。

剣術を嗜んでいて、凜とした振る舞いを見せていた伊織が、こんなにも華奢《きやしや》であったのかと、今になって気付く。

もっと早く、こうして抱き締めていれば良かった。

八十八の目からは、涙が止めどなく溢れ続けた。涙は尽きても、この悲しみが涸《か》れることはないだろう。

十二

どれくらいそうしていたのだろう――。

しばらくして、耳許で「八」と名を呼ばれた。浮雲の声だ。ゆらりと顔を上げると、涙に曇った視界に、浮雲の姿が映った。

大切なものを失い、放心しているというのに、どういうわけか、浮雲が口許に笑みを浮かべていた。

「良かったな。想いが告げられて――」

浮雲の言葉に、強烈な怒りを覚えた。

――何がいいものか！

たった今、伊織は八十八の腕の中で死んだのだ。想いを告げたところで、いいことなんて何一つない。

八十八は、首を振り言い返そうとしたが、思うように言葉が出てこず、また泣いた。

「そろそろ本当のことを、言ってあげたらどうです？　このままでは、八十八さんがかわいそうですよ」

窘《たしな》めるような口調で言ったのは、土方だった。

――本当のこととは何だ？

八十八が、はっと顔を上げる。

浮雲や土方、新太郎だけでなく、鉄一郎も、お松も、じっと八十八を見ていた。

お松などは、さっきまで懐剣を持って暴れていたはずなのに、まるで嘘であったかのように、平然としている。

「こ、これはいったい……」

八十八が口にすると、浮雲がふっと息を漏らして笑った。

「こうでもしねぇと、お前は本心を口にしねぇと思ってな」

「な、何のことです？」

「八十八さんの本心を知りたくて、私から浮雲さんにお願いしたんです」

――え？

さっき、息絶えたはずの伊織が喋《しやべ》った。

抱き締めていたのだが、あまりのことに驚き、咄嗟《とつさ》に手を離して飛び退いてしまった。

「少し、やり過ぎてしまいました。ごめんなさい」

伊織は、丁寧に腰を折って頭を下げた。

――は？

懐剣で刺されて、大量の血を流していたはずだ。現に、今も着物は血で染まっている。

それなのに、どうして何事もなかったかのように喋っていられるのだ？

「こ、こ、これは……」

「だから言っただろ。お前の本心を確かめるために、芝居を打ったんだよ」

浮雲が金剛杖を担ぎながら、得意げに言う。

「芝居？」

「そうだ。鉄一郎とお松は、本物じゃねぇ。旅の芝居一座に、ちょいと手伝ってもらったというわけだ」

浮雲が言うと、鉄一郎とお松の二人がお辞儀をした。

この場合、本物ではなく、鉄一郎役とお松役——と言った方がいいのだろうか。

「芝居ってことは、全部嘘なんですか？」

八十八の中に、ぶわっと怒りが湧き上がった。

いくら何でも質《たち》が悪過ぎる。

「まあ、そうなるな。だが、事件のあらましについては、真実を基にした」

「真実を基に？」

「昨日のうちに、誉田家に赴《おもむ》き、さっきと同じ手順で、事件は解き明かしてある。お松は、誉田家を追われることになった。嬢ちゃんの縁組みも、破談というわけだ」

浮雲が、おどけた調子で言った。

八十八が待たされている間に、すっかり事件は解決してしまっていたということのようだ。

事情を知り、怒りが残っているのは事実だが、ほっとしたのも確かだ。

道化を演じることになってしまったが、伊織が生きているなら、それで良しとしよう。

「ということは……伊織さんの言葉も、嘘だったというわけですね……」

八十八は、そのことに思い至り、恥ずかしさから顔を伏せた。

「あのときの私の言葉に、嘘はありません」

伊織の涼やかな声に、八十八は、はっとなり顔を上げる。

少し頬を赤らめながらも、真っ直ぐに八十八を見据える伊織の顔があった。

「そ、それは……」

「私の気持ちに嘘はありません。八十八さんは、どうですか？」

お互い想い合っていることが分かったのは嬉しい。だが、だからといってどうなるものではない。

誉田家とは破談になったが、伊織はやがてはどこかの武家に嫁ぐのだ。

「この際、身分などどうでもいいではないですか。私は、伊織が幸せになることを願っています。それが、八十八さんと一緒にいることだというなら、喜んで送り出すつもりですよ」

言ったのは新太郎だった。

「い、いや、しかし……それは、幕府によって禁じられています」

新太郎の気持ちは、ありがたいし嬉しいが、気持ちだけではどうにもならない決まりがあるのだ。

「武家の娘と町人が結婚できないのであれば、伊織が町人になればいいのですよ」

さらりと新太郎が言う。

「養子縁組みをして、伊織を萩原家から出します。そうすれば、晴れて町人というわけです」

「へ？」

新太郎は、こともなげに言うが、そんな簡単なことではない。

「武家としての身分を捨てるなんて……」

「もちろん、今すぐの話ではありません。ただ、そういう手もある――ということです。あとは、八十八さんと伊織が決めることです」

新太郎はそう言って小さく頷いた。

「私は……」

「此度の一件で、色々と考え、家のために誉田家に嫁ぐという決断をしました。でも、兄が言ってくれたのです。家のために、自分の気持ちを殺すようなことをするな――と」

伊織の目には、涙が光っていた。

新太郎の愛情の深さを、改めて思い知った気がした。それだけの想いがあったからこそ、ここに来る前、新太郎は八十八と話すことを望んだのだ。

「お前も、身分なんぞに囚《とら》われて、自分の気持ちを殺すようなことをするな。それは、つまらんことだ。先のことなんざ分からねぇ。だから、今の気持ちを精一杯、大切にすればいい」

浮雲が、ぐしゃっと八十八の髪を摑《つか》んだ。

まさに浮雲の言う通りだ。芝居とはいえ、伊織が死んでしまうと思った瞬間、八十八は、沢山の後悔に苛まれた。

そんな生き方は、もうしたくない。

先のことは分からない。だが、それでも、今は、自らの心に素直に生きたい。伊織の想いに応えるためにも——。

「はい——」

八十八が、力強く応じると、伊織が嬉しそうに笑った。

血縁の理

UKIKUMO
SHINREI-KITAN
KETSUEN NO KOTOWARI

序

チリン――。

鈴の音《ね》がした。

秋の空気に溶け込むような、何とも心地のいい音だった。

狩野哲心《かのうてっしん》は、ふと筆を止めた。行灯《あんどん》の薄明かりの中、鬼の形相でこちらをじっと睨《にら》んでいる不動明王《ふどうみょうおう》の姿があった。

実際にいたわけではない。

絵だ。

哲心自身が描いた絵。

「駄目だ……」

低く呻《うめ》くように呟《つぶや》いた。

姿形《すがたかたち》は不動明王ではあるが、そこには情念が宿っていない。目が吊《つ》り上がり、口を曲げて、怒りを表した顔をしているが、精々、腹が立ったという程度のものだ。

哲心は頭を抱え、ため息を吐《つ》いた。

由緒ある寺から不動明王を描くように依頼されたのが、十日ほど前――。

このところ、春画のようなものばかり描いていた。久しぶりの大きな仕事ということもあって、喜び勇んで快諾し、下絵を描いているのだが、いつまで経《た》っても思うような絵が描けない。

「何とかしなければ……」

呟いた哲心の耳に、妙な音が聞こえてきた。

しゅっ、しゅっ――と、何かが擦《こす》れるような音だった。

耳を澄ます。

隣の部屋からだ。

ああ、この音は紙の上を、筆が走る音だ。

そう感じた哲心は、すっと腰を上げ、ゆっくりと隣の部屋の襖《ふすま》を開けた。

哲心は、あまりのことに絶句した。

そこには――。

哲心の息子の郁治郎《いくじろう》がいた。

不動明王に負けず劣らずの憤怒《ふんぬ》の形相を浮かべた鬼が、気が触れたかのように、筆を走らせている。

哲心のことなど、まるで眼中にない。

全ての存在を消し去り、絵の世界に没頭しているその様は、まさに――。

鬼だった。

一

「よくぞおいで下さいました――」

八十八《やそはち》が、「失礼します」と襖を開けると、畳の上に座していた男が、ぱっと明るい笑みを浮かべながら言った。

五十くらいだろう。痩せ型だが、骨格はがっちりしている。顔色は病人のように青白いが、表情は絹のように柔らかかった。

――この人が狩野哲心。

八十八は、思い描いていた人物像との違いに戸惑った。

狩野哲心は、その名からも分かる通り狩野派の絵師だ。

幕府の御用絵師である狩野派の中には、単に絵師というだけでなく、政《まつりごと》にかかわっている者までいる。

哲心は、狩野派の中でも、市井《しせい》にあって絵を描いているので、そうした権力とは無縁ではあるが、それでも名の知れた絵師と対面するとあり、八十八はかなり緊張していた。

「どうぞ、お座りになって下さい」

「あ、はい」

八十八は、恐縮しつつ哲心の前に座った。

今日、こうして哲心と顔を合わせることになったのは、八十八の家に出入りしている薬の行商人――土方歳三《ひじかたとしぞう》の仲介があってのことだった。

土方は、哲心とも懇意にしており、何かの折に、八十八が以前に描いた絵を見せたらしい。

それを見た哲心は、「是非、この絵を描いた者に会ってみたい――」と土方に言ってきたというのだ。

哲心が、何をもって会いたいと思ったのかは不明だが、八十八からしても、狩野派の絵師に会う機会など、そうそうあるものではない。すぐに快諾して、こうして足を運んだというわけだ。

「八十八さん――でしたね」

哲心が、目を細めながら声をかけてくる。

「は、はい」

「絵を見せてもらいました」

「ありがとうございます」

何に対する感謝なのか、よく分からないが、八十八は頭を下げて礼を言った。

「まだ、粗削《あらけず》りではありますが、なかなか良《よ》いものをお持ちだ」

「そ、そんな……私などは、まだまだ……」

謙遜《けんそん》したわけではない。本気でそう思っているのだ。

昔から絵が好きで、色々と描いてはいる。絵師を志すと決めたものの、まだこれといったものが描けているわけではない。

おまけに、浮雲《うきくも》には、絵を描く度に、散々な言われようだ。最近は、以前ほどきつくは言われないが、それでも手放しに褒められたことはない。

——そういえば。

元狩野派の絵師であり、今は呪術師《じゆじゆつし》として暗躍している狩野遊山《ゆうざん》には、美しさはあるが影がない——と言われたこともあった。

もしかしたら、哲心は同じ狩野派であった狩野遊山のことを知っているのかもしれない。思いはしたが、それを口に出すことはなかった。

「今日、他の絵も見せてもらえるように、お願いしていたと思うのですが——」

哲心が真っ直《まっす》ぐに視線を八十八に向ける。

他の絵も見たいという話は、土方から聞かされていた。どれを持って行くべきか、散々迷った挙げ句、伊織《いおり》を描いた絵を持参した。

先日の子取り箱の事件のときに描いたものだ。この絵を選んだ理由は、狩野遊山が、唯一褒めた絵だからなのかもしれない。

「はい」

八十八は、持ってきた絵を畳の上に広げた。

絵をじっと見た哲心は、顎《あご》に手を当てながら「おお」と声を上げた。

「これは、これは。見事ですな。いや、先日、土方さんから見せてもらった絵も素晴らしかったが、こちらは見違えるように洗練されている」

「あ、ありがとうございます」

お世辞なのだろうが、それでも、嬉《うれ》しい。

「ここまで、格段に上達するということは、あなたの中で、何か大きな変化があったのでしょうな」

哲心が、感心したように何度も頷《うなず》く。

自分の絵が、どのような変化を遂げたのかは、あまりよく分からないが、自分の中で起きた大きな変化ということに関しては、覚えがある。

子取り箱の事件をきっかけに、八十八の心は大きく変化した。ひと言で言えば、恋をしたのだ。

実際は、ずいぶん前から恋はしていたのだ。

ただ、相手の伊織が武家の娘であることから、身分違いを理由に、その気持ちを抑え付けていた。

それを素直に認めたということは、八十八の中の大きな変化だった。

「心の変化というのは、絵に出るものなのですか？」

八十八が問うと、哲心は腕組みをしながら「もちろんです」と大きく頷いてみせた。

「土方さんから、八十八さんの絵を見せてもらったとき、繊細で美しいと思いましたが、同時に惜しいとも思ったんです」

「惜しい？」

「ええ。絵が窮屈に見えたのですよ。せっかくの才能を、自分で殺してしまっている——私には、そんな風に見えました」

そういえば、浮雲にも、似たようなことを言われたことがある。

言わんとしていることは、何となく分かっていたが、どうすれば、それを変えられるか分からず、悶々《もんもん》としていたところがある。

「あの……どうすれば、私の絵は変えられるでしょうか？」

八十八が訊《たず》ねると同時に、哲心がぶはっと声を上げて笑った。

「おかしなことを言う人ですね」

「おかしいですか?」

「おかしいです」

そんな風に言われても、八十八は何がおかしいのかさっぱり分からない。

「私は……」

「あなたの絵は、もう変わっているじゃないですか」

「え?」

八十八が首を傾《かし》げると、哲心は困ったように眉《まゆ》を寄せた。

「今、見せてもらったこの絵は、これまでのあなたの絵とは明らかに違う。単に美しく描こうとしたのではなく、自らの内にあるものを、ありのままに描出したのではありませんか?」

「私の内面――ですか?」

「ええ。あなたは、この女《ひと》に恋をしているのでしょう? その想《おも》いが、この絵から溢《あふ》れ出ています」

哲心の言い様《よう》に、思わず顔が熱くなった。

確かに、この絵を描いたとき、単に伊織に似せて描こうとしたのではなく、自分の恋心をぶつけるように、筆を走らせた。

そうした想いがすっかり、絵に出てしまっているということだろうか――。

「何だかお恥ずかしい……」

八十八が視線を落とすと、哲心は「いえいえ」と首を振った。

「恥ずかしがることはありません。これは、素晴らしい絵です。他の誰にも描けない、あなただけの絵です」

そう言った哲心の目は、とても真っ直ぐで、世辞を言っているようには見えなかった。

「ありがとうございます」

「正直、この絵を見て、私が言うべきことは、何もなくなってしまいました」

哲心は、ぽりぽりと額をかきながら言う。

「どういうことですか？」

「先ほども申し上げた通り、土方さんから絵を見せてもらったとき、惜しいと思ったのです。せっかく才能があるのに、もう一つ何か足りない。ですから、余計なお節介だとは思ったのですが、あなたにお会いして、足りない何かを補う手助けができれば――そう思ってお呼びしたという次第です」

――何と！

狩野哲心が、絵の手ほどきをしてくれるつもりだったのか。

町絵師の町田天明《まちだてんめい》に、意見を伺ったりはしていたが、八十八はほとんど独学だ。狩野派に教えを乞《こ》えるなど、またとない機会だ。

「是非、私にご指南下さい」

八十八は、低く頭を下げる。途端、哲心が再び声を上げて笑い出した。

「本当に八十八さんは面白い」

「面白い、ですか？」

指南しようという申し出に、お願いしますと答えただけだ。何も面白いことなどない。

「ええ。八十八さんは、もう足りないものを補っている。私が教えられることなど何もありません」

「いや、しかし、私はこれまで独学でやってきました。狩野派の技巧を教えて頂けるなら、これに越したことはありません」

「必要ありませんよ」

「え？」

「私が、どうして市井で絵を描いているか分かりますか？」

「いいえ」

「狩野派は、御用絵師として、幕府や大名にかかわってしまっています。こうなると、もはや自分の好きなように絵を描くことなどできないのです。だから、私はこの道を選んだのです」

「好きなように描けないのですか？」

「残念ながらね。私は、私の絵を描きたい。技巧を学べば、それなりの絵を描けるようになりますが、同時に諸刃《もろは》の剣《つるぎ》でもあります」

「というと？」

「技巧が、その人の持つ特質を潰してしまうこともあるのです」

「そういうものなのですか？」

「そういうものです」

哲心は、一人満足したように何度も頷いた。

なるほど。哲心の言う通りかもしれない。技巧を学べば、綺麗《きれい》に描くことはできるかもしれない。しかし、それに縛られてしまい、崩すことができなくなってしまう。

綺麗だからいい絵だとは限らないのだ。

「あの——」

「何ですか？」

「もし良かったら、哲心先生の絵を見せて頂くことはできないでしょうか？」

狩野哲心の名は知っていたが、その絵を間近で見たことはなかった。心のままに描かれた絵というのがどういうものなのか、八十八はどうしても見たいという気になった。

「私の絵など見たところで、何の勉強にもなりませんよ」

「いや、そこを何とか」

「しかし、残念ながら見せられるような絵は……」

「お願いします」

八十八は、深く頭を下げた。

しばらく返事はなかったが、やがて「そこまで仰《おつしや》るなら──」と哲心が応じてくれた。

二

八十八は、哲心の案内で奥にある部屋に進んだ──。

画材が置かれた文机《ふづくえ》があり、その周りを所狭しと数多《あまた》の絵が囲んでいる。そればかりか、壁のあちこちに隙間《すきま》がないほどに絵が掛けられていた。

「いや、散らかっていて申し訳ない」

哲心が、照れ臭そうに額をかく。

「いえいえ。私も似たようなものですから」

八十八は自分の部屋を思い返して苦笑した。姉のお小夜《さよ》に片付けろと言われるものの、どうしても散らかってしまう。

哲心の部屋が、自分のと似たり寄ったりであることに、安心した部分もある。

八十八は、壁に掛けられた絵を丹念に見て行く。

どれも圧巻だった――。

単に美しい絵というだけではない。繊細でありながら、荒々しさを持ち合わせた筆致は見事としか言い様がない。

活力が漲《みなぎ》っていて、描き手の情念までもが溢れ出ているようだった。

さすが、噂《うわさ》される人物だけのことはある。感心しつつ見て回っていると、ふと文机に置かれた絵が目に入った。

今、まさに描いている最中の絵だ。息を呑《の》むほど美しかった。

赤子《あかご》を抱えた若い女が描かれている。

女としての艶《あで》やかさや、妖艶さを湛《たた》えながらも、赤子に向けられた目は、母性に満ち溢れている。

女であり、母である――そんな魅力が、余すところなく描かれた絵だ。

「何と美しい――」

八十八は思わず嘆息した。

「私の妻です」

哲心が、嬉しそうに目を細める。

「奥様ですか」

——道理で。

八十八は一人納得する。

さっき哲心が言っていた心の変化が絵に出る——という言葉の意味が、今になって分かった気がする。

哲心の描いた妻の絵は、明らかに他の絵と違う。哲心の想いが写しだされているように感じられる。

「お恥ずかしい限りですが、この歳《とし》で二人目を貰《もら》いましてな。おまけに、子までもうけておったのでは何とも……」

照れたように笑う哲心は、これまで以上に穏やかで幸せそうな表情だった。

「将来は、お子さんも絵師ですね」

八十八が、何気なしに言うと、途端に哲心の表情が曇った。

「そんなに甘くはありませんよ」

「え？」

「絵の才能は、血で受け継がれるわけではないのです」

「そ、そうなのですか？」

「ええ。私が、御用絵師にならなかった理由の一つでもあります。狩野派の本流は、家系を重視して受け継がれています。先ほど、技巧の話をしましたが、狩野派の技巧は確かに素晴らしい。だが、それは、全員が同じ絵を描けるようにするための鍛練でもあるのです」

「それは、いけないことなのですか?」

「いけなくはありません。職人という捉《とら》え方をすれば、そういう方法もあるでしょう。しかし、私は、もっと好きなように絵を描きたかった」

「そうですか……」

はっきりと理解したわけではないが、哲心の言わんとしていることは、何となく分かったような気がする。

きっと哲心は、誰にも縛られることなく、心の赴《おもむ》くままに絵を描きたかったのだろう。

「これを見れば、八十八さんも、血ではないとよく分かるでしょう」

哲心は、そう言うと一度部屋を出て行く。しばらくして、一枚の絵を持って戻って来た。

不動明王を描いた絵だった。

憤怒の表情を浮かべた不動明王が、じっとこちらを睨んでいる。が、そこに迫力はなかった。

姿形は不動明王なのだが、そこから発せられる気は、倦怠《けんたい》に満ちている。憤怒の表情を浮かべているふりをしている——といった感じだ。

「これは……」

「倅《せがれ》の描いた絵です。一人目の妻との間の子です。絵師を志しているものの、あれには、その才能がなかった」

哲心の言葉には、はっきりとした棘《とげ》があった。我が子であるにもかかわらず、それを忌《い》み嫌っているかのようにすら感じられる。

これまでの哲心に抱《いだ》いてきた印象とは、大きくかけ離れている。

「しかし、稽古《けいこ》を積めば、もっといい絵になるのではないでしょうか?」

「なりませんな」

哲心はぴしゃりと言う。

「え?」

「これぱっかりは、どうにもなりません。いくら稽古を積んだところで、変わらぬものは、変わらぬのです」

「し、しかし……」

八十八のその先の言葉を遮《さえぎ》るように、すっと襖が開き、一人の男が顔を出した。

年齢は、八十八と同じくらいだろうか。精悍《せいかん》な顔立ちをした人物で、どこか哲心に似た印象がある。

「親父《おやじ》。こんなところで何をしているんだ？」

男が顔を赤くして、八十八を睨み付けるようにしながら言った。

口ぶりからして、この男は哲心の息子らしい。

「郁治郎か。血相を変えて、どうした？」

哲心が問う。

「おれには、絵を教えようともしないのに、聞いたらどこの誰とも分からぬ小僧に、手ほどきしているというじゃないか！」

郁治郎が怒っている原因は、どうやら八十八らしい。

「あ、あの……」

弁明をしようとしたが、哲心がそれを制した。

「八十八さんは、才能のある若者だ。だから、指南してやろうと思っただけだ。その必要もなかったがな」

哲心の口調は、八十八に対するそれとは明らかに違う。

こんな風に、敵意をむき出しにした言葉を投げれば、郁治郎の怒りはより一層、膨らんでいってしまう。

「どうしてだ？　おれには、何も教えてくれないのに！」

「前にも言った。お前には才能がない。絵の道は諦めろ」

「そのような言い様は、いくら何でも……」

八十八は堪《たま》らず口を挟む。

誰しも、自分が目指していることに対して、才能がない——などと言われては、心が傷付く。

「はっきり言ってやった方が、郁治郎のためになる」

「しかし……」

「もういい！　そうやって、いつまでも子ども扱いだ！　おれは、自分一人でも絵師になってやる！」

郁治郎は、捨《す》て台詞《ぜりふ》を残して部屋を出て行った。

思いがけず修羅場《しゅらば》に出会《でくわ》すことになり、八十八は、ただ唖然《あぜん》とするばかりだった。

三

「そんな話を、おれにされても知らん！」

腕を枕にして、寝そべったままの浮雲が突き放すように言った。

廃墟《はいきょ》となった神社の社《やしろ》の中である。

浮雲は、誰もいないのをいいことに、神社を根城にしている罰当たりな男だ。髷《まげ》も結《ゆ》わないぼさぼさ頭に、白い着物を着流している。手癖が悪く、女にだらしなく、おまけに年中酒ばかり呑んでいる。おおよそ、褒めるべきところのない男だが、憑《つ》きもの落としの腕だけは一流だ。

その両眼《りょうめ》は、燃え盛る炎のように赤く、死者の魂——つまり幽霊を見ることができる。これまで、その特異な体質を活《い》かして様々な心霊事件を解決に導いてきた。八十八が、浮雲と知り合ったのも、姉のお小夜にかかわる心霊事件がきっかけだった。

普段は、浮雲のところに足を運ぶのは、心霊がらみの事件を抱えたときなのだが、今回は、先日の哲心の家での一件を相談に来たというわけだ。

「そう邪険にしないで下さい。私も、どうしていいのか分からず、困っているのですから」

八十八が言うと、浮雲がふんっと鼻を鳴らして笑った。

「どうしてお前が困る必要がある？」

「え？」

「話を聞く限り、哲心親子の問題だろう。二人がどうなろうと、お前の知ったこっちゃないだろうが」

「そんな……」

「そもそも、哲心から親子関係を修復したいと頼まれたのならともかく、そうじゃねぇんだろ？」

「はい……」

そのようなことは、一切頼まれていない。

哲心が、八十八のような若輩者《じゃくはいもの》に、そうした頼み事をするはずがない。まして、初対面である。

「だったら、放っておけばいいだろう」

浮雲は、寝転がったまま器用に瓢《ひさご》の酒を盃《さかずき》に注《つ》ぎ、口を尖《とが》らせてずずっと啜《すす》る。

相変わらず、昼間から酒浸りだ。

浮雲の傍《かたわ》らで丸くなっていた黒猫が、うるさいと感じたのか、伸びをしてからするすると社を出て行った。

「いや、しかし、そういうわけにはいきません」

「どうして？」

「どうしてって……」

そんな風に問われても困る。何か明確な理由があるわけではない。ただ、見て見ぬ振りができないのだ。

「そうやって、かかわり合いのないことにまで首を突っ込むから、あちこちで厄介事《やっかいごと》を拾ってくるんだよ」

違うとは言えない。浮雲の言う通り、あちこちで厄介事を拾ってきたのは事実だ。

「でも……」

「でも――じゃねぇよ。他人のことを心配している暇があったら、自分のことを考えたらどうだ？」

「私のこと？」

「お前、武家の小娘とは、その後、床《とこ》を共にしたのか？」

浮雲に問われて、顔がかっと熱くなった。

八十八が声を荒らげるのに反して、浮雲はチッと舌打ちをした。

「な、何とふしだらな！」

「何がふしだらなもんか。お互いに、想い合っていると分かったのだろう。だったら、あとはやることは決まっているだろうが」

「は、早過ぎます」

「早いって言うほど、若くねぇだろう」

浮雲の言う通りではある。

十六ともなれば、女は嫁に行く歳だし、男だってそうした経験を済ませている者は少なくない。

だが、問題はそういうことではないのだ。

「何でもかんでも、色恋の話にするのは止《や》めて下さい」

八十八が言い募ると、浮雲は盛大にため息を吐いた。

「せっかく、骨を折ってやったってのに情けねぇ野郎だ」

――ぐっ。

痛いところを突かれた。八十八が伊織との仲を進ませることができたのは、浮雲たちの強引ともいえる手助けがあってこそだ。

それがなければ、身分違いの伊織に、自分の想いを打ち明けるようなことはしなかったはずだ。

伊織は、武家である自らの家を捨てる覚悟までしてくれている。伊織の兄である新太《しんた》郎《ろう》も、それに賛同してさえいる。

妨《さまた》げになるものは何一つないのだが、これから先、どうしていいのか分からないというのが本音だ。

「相変わらず、賑《にぎ》やかですね」

声と共に社の格子戸《こうしど》が開き、土方歳三が中に入って来た。

「あっ。土方さん」

思わぬ助け船だ。これで伊織の話題から逃げることができる。

「八十八さんもお出《い》ででしたか」

土方が切れ長の目を細めながら会釈《えしやく》する。

普段は商売柄か、とても人当たりのいい土方だが、少しばかり得体《えたい》の知れないところがある。

薬の行商人であるにもかかわらず、剣の腕が滅法強く、これまで幾人もの武士や浪人を打ち倒しているのを目にしている。

そういうときの土方の目は、今とは違って、血に飢えた狼《おおかみ》のようになる。

「何しに来やがった」

浮雲が寝転がったまま、不愉快そうに土方を見上げる。

「実は、少しばかり面白い話を仕入れましてね」

土方が、にっと笑みを浮かべた。

「止《よ》せ止せ。お前の面白い話ってのは、いつもろくでもねぇんだよ」

浮雲が出て行けという風に手を払う。しかし、土方は、そんなことにはお構いなしに話を続ける。

「蘆屋道雪《あしやどうせつ》の素性《すじよう》についてなんですがね――」

「え！」

八十八は、土方の出した名前に反応して声を上げてしまった。

陰陽師《おんみようじ》、蘆屋道満《どうまん》の子孫を名乗る蘆屋道雪は、呪《まじな》いの道具を作り、それを使って人を破滅へと導く、恐るべき人物だ。

しかも、そうやって人を苦しめておいて、その理由が単に愉《たの》しいから——と断言してしまうような外道《げどう》でもある。

先日の事件で、呪いの道具となった子取り箱も、蘆屋道雪が作ったものだったらしい。

「おれにはかかわりのねぇことだ。あんな薄気味の悪い爺《じじい》の素性なんざ、知りたくもねぇよ」

浮雲は突き放すように言ったが、それは本心から出た言葉だろうか。

「まあ、そう言わずに。話だけでも聞いて下さい」

土方が窘《たしな》めるように言う。

浮雲は抵抗するのを諦めたのか、先を促すように土方に目で合図を送った。土方は、それに頷いて応えてから話を始める。

「蘆屋道雪は、京の都の出自らしいのです。代々、陰陽師だった家系で、中には宮中に仕えた者もいるのだとか——」

「…………」

浮雲は、何も答えなかった。

だが、その表情は、これまでに見たことがないほどに強張《こわば》り、引き攣《つ》っているようだった。

「ここまで言えば、私が何を言いたいかは、お分かりになりますよね？」

土方がそう言い添えると、浮雲はぬっと起き上がり、ぼさぼさ頭をガリガリとかき毟《むし》った。

「やっぱり、お前の話は面白くねぇ。それが分かったところで、おれの知ったこっちゃねぇよ」

投げ遣《や》りな浮雲を見て、土方が小さく笑った。

「本当にそうでしょうか？　いくら逃げようとしても、血からは逃れられないものですよ」

「血ねぇ――そんなもので、生き方を縛られてたまるか」

蘆屋道雪の素性が、いったい何を示すのか八十八には分からないし、浮雲が心の内で何を思っているのかも分からない。

ただ、浮雲の言うことだけはよく分かる。血で生き方が縛られるのはよくない。

八十八の実の父は絵師だった。だが、八十八が絵師を志しているのは、父がそうだったからではない。

自分がやりたかったからであって、血に縛られたわけではない。

――あっ！

八十八は、ここで大切なことを思い出した。

「あの――話を戻してもいいですか？」

八十八が問うと、浮雲が露骨に嫌な顔をした。

「さっきから言ってるだろ。親子喧嘩《おやこげんか》はおれが口を出すようなことじゃねぇよ」

「何の話をしていたんですか？」

土方が口を挟んでくる。

「狩野哲心さんのことです」

「ああ。どうでした？」

「土方さんのお陰で、大変いい経験をさせて頂きました。しかし……」

八十八は、これまで浮雲に話していた内容を、改めて土方に語って聞かせた。話を聞き終えた土方は、「で、その話の続きがある――ということですね」と先を促してくれた。

八十八は大きく頷いてから、狩野哲心の家で起きたことの続きを語り始めた。

四

「私は、何も郁治郎が憎くてこういうことを言っているわけではないのです――」

八十八が唖然としていると、哲心が神妙な面持ちで言った。

「何か、特別な訳があるのですか？」

八十八が問うと、哲心は苦い顔をした。

本当は、初対面である八十八に、あれこれ家庭の事情を話したくないはずだ。だが、諍《いさか》いを見られてしまった以上、黙っているわけにもいかなかったのだろう。

「あれは――郁治郎は、このまま絵を描き続けてはいけないのです」

「どういうことですか？」

描き続けてはいけない――という言い回しが引っかかった。

「あれは、絵に囚《とら》われているのです。絵師でなければならないという考えに、囚われてしまっている。それでは、いい絵など描けない」

「はあ……」

哲心の言っていることは、あまりにも雲を摑《つか》むようで、いま一つ理解ができない。

「きっと、あれがそういう考えを持つようになったのは、血のせいでしょうな――」

「血？」

「絵師の倅であるから、絵師でなければならない――そんな風に考えているのですよ。絵が描きたくて描いているわけではない。それが分かるからこそ、私は反対しているのです」

八十八にも、ようやく哲心の言わんとしていることが分かった。

郁治郎から直接話を聞いたわけではないので、今の段階でああだこうだと断じることはできないが、もし、親が絵師だから、自分も絵師でなければならないと考えているのだとしたら、それは大きな間違いだ。

意図せず、実の父親と同じ道を選んだ八十八だからこそ、余計にそう感じる。

「ご本人に確かめたことはないのですか?」

八十八が問うと、哲心は深く長いため息を吐いた。

「もちろん、確かめようとしたことはあります。しかし、絵のことになると、いつもあの調子ですからな」

親子だからといって、分かり合えるものではない。むしろ肉親という近しい存在だからこそ、遠慮がない分、話をこじらせてしまうということもある。

「あの——もし私でよければ、郁治郎さんから話を聞いてみましょうか?」

八十八は、そう言ってみた。

他人ごときがと思われるかもしれないが、そういう間柄だからこそ、聞き出せることというのもあるかもしれない。

「ありがたい申し出ですが、八十八さんに、そこまでご迷惑をおかけするわけにはいきません」

「いや、しかし……」

「それに、あれは——郁治郎には、きっと悪いものが憑いているんだと思います」

「悪いものが憑く？」

「ええ。郁治郎は、前からあんな風だったわけではないのです。昔は、素直な子で、絵を描くのを本当に楽しんでいました。しかし、いつの頃からか、反抗的な態度を取るようになりました」

「そういう年頃というのはありますよね」

八十八も心当たりがある。

「私も、最初はそう思っていました。ひとり立ちしていくのだろうと、温かく見守っていたのです。しかし、お滝《たき》——二人目の妻が来てから、余計に態度が悪くなりましてね……」

「折り合いが悪かったのですか？」

「最初の妻は、早くに亡くなって、ずっと二人で暮らしてきましたからね。受け容《い》れることができなかったんでしょうな」

それは、分かる気がする。

父と二人で暮らしてきた郁治郎からしてみれば、お滝は異物だったのだろう。母と慕うことなど到底できるはずもない。

「お滝が来てからというもの、益々《ますます》絵に没頭するようになり、私に対する態度も、どんどん酷《ひど》くなってきました」

「そうだったんですか……」

「そんなある日、郁治郎が絵師を目指すと言い出したんです。その上で、私に弟子入りしたいと言い出しました。しかし、私はこれを拒絶しました」

「どうしてですか？」

「甘えが出るからです。少なくとも、私は親子の絆《きずな》を断ち切って、師匠と弟子になることはできませんでした」

「そうでしたか」

哲心の言葉には、郁治郎に対する愛情の深さを感じる。

絵師としての成長を促すためにも、自分の許《もと》にいない方がいいという判断をしたのだろう。

「私は、同じく市井の絵師である、行徳《ぎょうとく》という男を紹介し、そこに住み込みで絵の勉強をするように促したんです」

「郁治郎さんは、そこへは行ったんですか？」

「ええ。最初は、真面目《まじめ》に励んでいたようですが、次第に言うことを聞かなくなったようです。終《しま》いには、行徳と喧嘩をして、殴ってしまったそうです」

「喧嘩の原因は何だったんですか？」

「行徳の絵を、つまらぬ絵だ——とけなしたそうです。それで、行徳もかっとなって言い合いになり……」

「それまでにも、腹に据えかねるものがあったのではないでしょうか？」

殴ってしまったのは、やり過ぎだったかもしれないが、そうするだけの理由が、何かあったような気もする。

「たとえそうだったとしても、師匠を殴るなど、言語道断です」

「それは……」

そうかもしれない。どんな理由があれ、相手は師匠なのだ。手を上げるようなことがあってはならない。

「家に帰って来たあと、私に絵の指南をしろと迫ってきたのですが、教える気はないと突っぱねている次第です」

事情は分かったが、八十八は一つ腑《ふ》に落ちない点があった。

「悪いものが憑いていると考えたのは、どうしてですか？」

これまでの話では、郁治郎の態度の悪さというのは分かったが、悪いものが憑いているというのとは、少し違う気がする。

「家に戻って来て以来、郁治郎はひたすらに絵を描くようになりました。まるで、何かに憑かれたように、暇さえあれば描き続けているのです」

「それは、良いことではないのですか?」

「ただ描いているだけなら、私もそれほど気にはしません。しかし、奇妙なことが起こるようになったのです」

「奇妙な——こと?」

「ええ。これを見て頂ければ、分かるかと——」

哲心はそう言うと、また部屋を出て行き、一枚の絵を持って戻って来ると、それを八十八に見せた。

不動明王を描いた絵だった。

八十八は、その絵を見て言葉を失った。

殴り書きをしたような乱暴な筆致で描かれたそれは、美にはほど遠く、ただ憤怒の感情を表現しただけのものだった。

何より異様だったのは、その色使いである。

赤茶けた微妙な色をしていた。

「この色は……」

八十八が口にすると、哲心は小さく頷いた。

「これは、血で描かれたものです」

「血──」

「ええ。郁治郎は、自らの身体《からだ》を傷付け、そこから流れ出る血で、絵を描いているのです──」

「なっ……」

「郁治郎が絵を描いている様は、まるで──鬼です」

「鬼？」

「ええ。鬼ですよ」

そう口にする哲心の表情は、鬼気迫るものだった──。

五

話を終えた八十八は、改めて浮雲に目を向けた──。

血で絵を描くなど、もはや常軌を逸している。憑きものが原因かどうかは分からないが、郁治郎の心が普通でないのは確かだ。

浮雲であれば、何か解決に繋《つな》がる糸口を摑んでくれるかもしれない。

八十八は、顎に手を当てて考え込んでいる様子の浮雲が、言葉を発するのをじっと待った。

「やっぱり阿呆《あほう》な話じゃねえか」

散々もったいつけるような間《ま》を置いてから、浮雲はそう言い放った。

「阿呆って……」

「阿呆だから、阿呆だと言ったんだ」

「どうしてです？」

「何度も同じことを言わせるな。哲心って野郎は、お前に解決を依頼したのか？」

「いいえ」

哲心は、八十八が問うままに話を聞かせてくれただけで、解決を頼んできたりはしなかった。

「だったら、放っておけばいい。自分とかかわりのないことにまで首を突っ込むから、阿呆だと言ったんだ」

「しかし、放ってはおけません」

「こうして八十八さんが頼んでいるのです。様子を見に行くくらいのことは、してもいいんじゃないですか？」

土方が加勢してくれたが、浮雲は態度を改めなかった。

「頼まれてもいねぇのに、首を突っ込めば、逆に迷惑をかけるだけだ。他人の家のことは放っておけ。それに、話を聞く限り、その郁治郎って野郎が心を病んだだけで、幽霊は出てきてねぇじゃねぇか。おれの出る幕はねぇ」

浮雲は、そう言うと、ぐいっと盃の酒を呑んだ。

もう話は終わりだと宣言しているのだろう。納得はいかないが、こうなってしまったら、八十八には、もう何も言うことがない。

困り果てていると、格子戸が開き、一人の女が中に入って来た。

華やかな着物を身に纏《まと》い、艶やかな化粧をした、美しく妖艶な女——玉藻《たまも》だった。

詳しいことは知らないが、玉藻はどこかの遊郭の遊女らしい。普通なら、外を出歩くことなど許されないはずなのだが、なぜか玉藻はそれがまかり通っている。

浮雲とは旧知の仲らしく、こうやって時々、この社に顔を出す。

「あら。八十八さん。お久しぶりね」

玉藻が、赤い紅を引いた唇に笑みを浮かべながら、八十八の頬をそっと指でなぞる。

爪が肌を撫《な》でる感触に、ぞわっとした。こんなときどうしていいか分からず、ただ身を固くしながら「ど、どうも」と応えるだけだった。

「八《はち》はもう、武家の小娘と契《ちぎ》りを結んじまったんだ。余計なちょっかいを出すんじゃねぇよ」

浮雲が、呆《あき》れたように言うが、玉藻はそんなものはお構いなしだった。

「本当に契りを結んだの？　嘘《うそ》を吐いても無駄よ。私には分かるわ。八十八さんは、まだ無垢《むく》なままなんでしょ？　あんな生娘《きむすめ》じゃなくて、私が手ほどきしてあげるわ」

何の手ほどきなのか、気にならないと言ったら嘘になる。だが、それを知ってしまったら、もう元には戻れなくなる気がする。

「で、お前は何しに来たんだ？　用もないのに顔を出すような女じゃねぇだろ」

浮雲が助け船を出すように言う。

「そうだったわね。実は、あなたに頼みたいことがあったのよ」

「断る！」

浮雲は、話を聞く前に宣言すると、ごろんと床の上を転がって玉藻に背を向けてしまった。

いつの間にか社に戻って来た黒猫が、寄り添うようにして寝転んだ。

「あら。そんな態度を取っていいのかしら？」

「何？」

「この前の一件、私の口利きがあったから、何とか凌《しの》げたのよ。忘れたんじゃないでしょうね」

この前の一件が何を指すのか、八十八には分からなかったが、浮雲はすぐに理解したらしく、ふうっとため息を吐きつつも身体を起こした。

「ったく。どいつもこいつも、ぎゃーぎゃーと五月蝿《うるせ》ぇな。聞けばいいんだろ。聞けば」

　浮雲は、瓢の酒を盃に注ぐと、それをぐいっと一息に呑んだ。

「態度は気に入らないけど、一応、話を聞く気はあるのね」

「聞くだけだ」

　浮雲は、投げ遣りに言うと、もう一杯盃の酒を呷《あお》る。

「昨晩、知り合いの店に、絵師を名乗る男が訪ねて来たの――」

　玉藻がそう切り出した。

　八十八は、絵師という言葉に反応したが、敢《あ》えて口には出さなかった。話を聞き終えないうちに、哲心と郁治郎の一件と関連付けてしまうのは良くない。

「それで――」

　浮雲が先を促す。

「その男は、遊女を描かせて欲しいって頼んできたらしいの。修練のためだから、お代は要《い》らないというので、店は許可したの」

「無料《ただ》で絵を描いてくれるんなら、何の問題もねぇじゃねぇか」

「普通に描いてくれればね――」

　含みを持たせた言い方をしたあと、玉藻は深淵《しんえん》を覗《のぞ》くような暗い目をした。

「何かあったようですね」

神妙な顔つきで土方が言う。

不思議なもので、その言い様は、既に何が起きたのかを知っているように感じられる。

「ええ。その男は、匕首《あいくち》を取り出し、いきなり遊女に襲いかかり、その腕に斬りつけたらしいの」

「絵を描くのは口実で、本当は遊女と遊びたかったんじゃねぇのか？」

浮雲が、つまらない話だという風に、ふんっと鼻を鳴らす。

「そういう話なら、あなたのところにわざわざ持って来たりしないわよ」

玉藻は、浮雲を睨み付けて一蹴《いっしゅう》する。

ふうっと息を吐いてから、玉藻は話を続ける。

「その男は、遊女を斬りつけたあと、逃げるでもなく、その血を筆に付けて絵を描き始めたらしいの――」

「血で――絵を――」

八十八は、口にせずにはいられなかった。

無理に関連付けないようにしていたが、血で絵を描いたとなると、さすがにそうも言っていられない。

「どうやら、八十八さんの一件と繋がりがありそうですね」

土方も、同じことを感じたらしく、薄い笑みを浮かべながら言う。

「今は、そういう当て推量は後回しだ。で、その男はどうなった?」

浮雲は、鋭い視線で八十八と土方を制すると、改めて玉藻に向き直る。

「店の者たちが、騒ぎを聞いて駆けつけて、取り押さえようとしたんだけど、今度は急に暴れ出して、そのまま逃げてしまったらしいの——」

玉藻は、そう話を締め括《くく》った。

推量は後回しだとは言われたが、それでも、今の玉藻の話を聞く限り、その男というのは、郁治郎だと思われる。

「妙だな。どうして、遊女と絵師を二人だけにしたんだ? そもそも、無料《ただ》だからといって、ほいほい上げてしまうのはおかしいだろ」

浮雲の指摘は一理ある。

絵師が遊女の絵を描くことはよくある。遊郭からすれば、絵師に遊女の絵を描いてもらうことは、宣伝にもなるからだ。

だが、素性の知れぬ男がやって来て、遊女の絵を描きたいと言ったからとて、ほいほい中に入れ、しかも二人きりにするというのは、どうにも解《げ》せぬ。

「理由はあるわ。その絵師は、狩野哲心の弟子だ——そう名乗ったそうよ」

名のある絵師である、哲心の弟子ということで、遊郭側は信頼をしたということのようだ。

それと同時に、やはり——という思いが湧き上がった。

玉藻の話が本当なのだとすると、その絵師は、郁治郎で間違いない。

「なるほどな——」

浮雲は、呟くように言うと、ぼさぼさ頭をガリガリとかいた。

「どうします？　まだへそを曲げてますか？」

土方が挑発するように問う。

浮雲は、苦々しい顔で土方を一瞥《いちべつ》したものの、何も言わなかった。

「浮雲さん。これは、やっぱり……」

我慢できずに言いかけた八十八だったが、浮雲が手を翳《かざ》してそれを制した。

「十中八九間違いないだろう。だが、こいつは、そう簡単に片付く一件ではなさそうだ——」

「ど、どういうことですか？」

「まあいい。何にしても、動くしかねぇってことだ」

浮雲は、改めて瓢の酒を盃に注ぎ、ぐいっと一息に呷ると、ぷはっと熱い息を吐き出した。

その赤い双眸《そうぼう》からは、さっきまでのような気怠《けだる》さが消え失《う》せていた。

六

八十八は、ようやく重い腰を上げた浮雲と歩いていた。

浮雲は、両眼を覆うように墨で眼を描いた赤い布を巻き、金剛杖《こんごうづえ》を突いて盲人のふりをして歩いている。

浮雲が、外を出歩くときの恰好《かっこう》だ。

赤い両眼を人前で晒《さら》すことを極端に嫌っている。八十八などは綺麗なので隠す必要はないと思うが、世間の大半はそうは思わないというのが、浮雲の考えだ。

八十八には計り知れないが、おそらく浮雲は、その赤い両眼のせいで、嫌な思いを散々してきたのだろう。

と、ここで八十八はこれまで気にしていなかったことが、急に引っかかった。

浮雲のこの赤い両眼は、生まれついてのものだ――と言っていた。

これまで、そうなんだ――と受け容れていただけだったが、生まれつきということは、親から受け継がれたものであると考えることもできる。

――浮雲の親とは、いったいどんな人物なのだろう？

きっと、こんな風に考えてしまうのは、哲心と郁治郎親子の一件にかかわっているからだ。

哲心は、才能は血で受け継がれるものではない——と言っていた。その通りなのだろう。血を受け継いだからといって、その生き方まで受け継ぐ必要はないとも思う。

だが、同時に、土方が言っていた「血からは逃れられないものですよ」というのも、分かる気がする。

本人がどんなに抗《あらが》おうと、血の繋がりを断つことはできない。

などと取り留めもないことを考えていると、浮雲がぴたっと足を止めた。

「何を考えている？」

浮雲に問われ、すぐに返せなかった。

取り留めもなく巡っていた考えなので、説明のしようがない。

「も、もちろん事件のことですよ」

八十八は、取り繕《つくろ》うように言った。

「事件ねぇ……」

浮雲は全然納得していない。

そもそも、嘘を吐くのは得意ではない。おまけに相手が浮雲となれば、簡単に見破られるのは当然だ。

ただ、色々と問い質《ただ》されても、答えられないので強引に話を進める。

「やはり、遊郭に現われた絵師というのは、郁治郎さんに間違いないのでしょうか？」

八十八が訊ねると、浮雲は苦笑いを浮かべる。

「おそらくな。それを確かめるために、狩野哲心の家に向かっているのだろう。今さら訊《き》くことか？」

まさに仰る通り。わざわざ、今になって訊くようなことではない。

墨で描かれた眼が、じろりと八十八を見据える。

そんな風に見られても困る。別に八十八は、重要なことを隠し立てしているわけではない。

「八十八さん」

困り果てているところで声をかけられた。

わざわざ確かめるまでもなく、この涼やかで張りのある声が、誰のものなのかすぐに分かった。

「伊織さん」

八十八が視線を向けると、そこには伊織の姿があった。

藍地《あいじ》に白い花の描かれた着物が、清廉《せいれん》な伊織にはよく映える。

その朗らかで、愛くるしい笑みを見た瞬間、八十八の心臓がどくんっと大きく跳ね、火が出るほどに顔が熱くなった。

しゃんとしようと思うのだが、どうしても顔に力が入らず、表情が緩《ゆる》んでしまう。

「偶然に、顔を合わせるというのは、何だか嬉しいものですね」

伊織の明るい声に、八十八は舞い上がりそうになる。

「は、はい。伊織さんは、これから帰宅されるのですか？」

「ええ。客人が来ることになっているので」

「そうですか」

どうにも会話が堅苦しい。以前は、もっと自然に言葉が出てきたのに、今は何を言っていいのか分からない。

お互いの想いを知ったのだから、もっと間が近くなりそうなものなのに、本当に不思議だ。

「八十八さんは――また心霊がらみの事件のようですね」

伊織が、浮雲に目をやりながら言う。

さすがに察しが早い。

「はい。まあ、そんなところです」

本当は、色々と話したいのだが、道端で立ち話というわけにもいかない。

「そうですか……」

伊織は、そう言って目を伏せた。

どうして、そんな表情をするのか八十八には分からず、何だかおろおろしてしまう。

が、それも一瞬のことで、すぐに顔を上げると笑みを浮かべ、八十八の手を取る。

その柔らかい指の感触が、八十八の中にある衝動を湧き上がらせる。

「どうか。お気を付けて」

伊織が真剣な眼差《まなざ》しで言う。

「は、はい」

八十八が応えると、伊織は再び笑顔に戻り、手を離して歩き去って行った。

「情けねぇ」

伊織の背中を見送っていると、浮雲が吐き捨てるように言った。

「な、何がです？」

「お前、あのあと、武家の小娘と大してはかどってねぇな」

——図星である。

「もうその話はいいですよ」

八十八は首を左右に振りながら答える。

どうせ、このまま喋《しゃべ》らせたら、また床の話に持って行くに違いない。今は、伊織と想い合っていることが分かっただけで充分なのだ。

身分の違いもあるし、これからのことは、ゆっくりと時間をかけて進んで行けばいい。浮雲のように、すぐに床を共にするという考えは、八十八にはなかった。

そのことを述べると、浮雲が露骨に嫌そうな顔で舌打ちをした。

「だから情けねぇって言ってんだよ」

「どうして、そうなるんですか？」

「ゆっくり時間をかけてなんて言っちゃあいるが、要は勇気がねぇだけだろ。あの小娘は、やる気満々だってのによ」

「伊織さんを、そういう目で見るのは止めて下さい」

清廉な伊織が、浮雲のように下世話に床のことなど考えているはずがない。

「何を言ってやがる。あの態度を見れば、一目瞭然《いちもくりょうぜん》だろうが」

「違います」

「根性なしが。だいたい、そんな悠長に構えてていいのか？　いつ心変わりをするか分からねぇぞ」

「そ、そんな……」

それは、不安といえば不安だ。

伊織が八十八に愛想を尽かし、心変わりするということは、充分に考えられる。

「それに、人生ってのは何が起こるか分からねぇんだ。今日と同じ日が、明日も続くとは限らねぇ」

「………」

「そうなったときに、後悔したって遅い」

最後のひと言は、囁《ささや》くように小さな声だった。

それなのに、妙に重く八十八の胸に響いた。もしかしたら、浮雲は、過去に大切な何かを失った経験があるのかもしれない。

だから、やれることを今やろうとしている――。

訊ねてみたい気持ちはあったが、浮雲から放たれる気配が、それを拒んでいた。

七

「なるほど――つまり、その遊郭に現われたのが、郁治郎であるかもしれない――と」

玉藻から聞いた一件を説明し終えると、狩野哲心は静かにそう言った。

驚き、取り乱すかと思っていたが、冷静に事態を受け止めているといった感じだ。

「あくまで、そう名乗ったというだけだが、それを確かめる必要がある」

浮雲が、ずいっと身を乗り出すようにして言う。

「そうですね」

哲心は、たじろぐことなく、大きく頷いてみせた。

「お前の息子は、今はどこにいる？」

浮雲が問い質すと、哲心は「それが……」と呟くように言って俯《うつむ》いた。そのまま、しばらく沈黙する。

浮雲が、「どうした？」と訊ねると、ようやく哲心が顔を上げた。

「実は、昨日から家に戻って来ていないのです」

それだけ言って、哲心は項垂《うなだ》れた。

冷静に振る舞っていても、その心中は穏やかではなかったようだ。昨日から家に帰っていない状態で、遊郭の話を耳にすれば、嫌でも郁治郎を疑わざるを得ない。

「どこか、行きそうな場所に心当たりはないか？」

「いいえ。残念ながら……」

哲心は首を左右に振った。

遊郭に現われた絵師が、郁治郎であった見込みは高くなったものの、行き場所が分からないとなると手の打ちようがない。

「そうか。では、他のことを訊かせてくれ」

浮雲は、まだ諦めていないらしく、墨で描かれた眼で哲心を見据える。

「何でしょう？」

「お前の息子は、なぜ血で絵を描こうとしている？」

「それは、分かりません」

「誰かの影響ということはないか？」

「血で絵を描くような者に、心当たりはありません」

哲心が答えると、浮雲は「ふむ」と腕組みをして、考え込むように頭《こうべ》を垂れた。

しばらくそうしていたが、やがて何か思い当たることがあったのか、ふっと顔を上げた。

「息子の部屋を見てもいいか？」

「ええ。それは構いませんが……」

「案内してくれ」

哲心は、「分かりました」と応じると立ち上がった。八十八は、浮雲と一緒にそのあとに続く。

部屋を見て、いったい何を確かめようというのだろう？

思いはしたが、それを口に出すことはなかった。浮雲のやることだ。何か考えがあるに違いない。

哲心の案内で、郁治郎の部屋に入るなり、八十八は「え？」と思わず声を上げた。

四畳半ほどの広さの部屋に、足の踏み場もないほどに絵が散乱している。

それだけなら、単に散らかっているというだけのことだが、その絵の全てが、赤黒い色で乱雑に描かれていた。

おそらくは、血で描いたものだ。

血で絵を描いていることは知っていたが、まさか、これほどの数とは思ってもみなかった。

「お前、息子が異常な状態であるということに、気付いていて何もしなかったのか？」

浮雲が、ギロリと墨で描かれた眼を向ける。

「こんな状態だったからこそ、私は絵を止めさせようとしたんです」

哲心が反論する。

その言葉に嘘はない。この前、八十八が来たときも、しきりに郁治郎に絵を止めるように促していた。

そうした一番の理由は、才能云々《うんぬん》より、この異常な絵にあったのだろう。

「こういう絵を描き始めたのは、いつからだ？」

浮雲が訊ねる。

「行徳の許から、戻ってからだと思います」

「それまで、血で絵を描くようなことは？」

「なかったです。筆致も、もっと繊細なものだったはずです」

「と、いうことは、お前の倅が変わってしまう、何かしらのきっかけがあったということになる。心当たりは？」

浮雲の問いに、哲心は力なく首を左右に振った。

この反応からして、嘘を吐いているわけではなく、本当に心当たりがないようだ。

「なるほどな。もしかしたら、そういうところが原因かもしれんな」

「どういうことです？」

哲心は、答えを渇望して浮雲に目を向けたが、当の浮雲は完全にこれを黙殺して、部屋の隅に置いてある文机に歩み寄った。

屈《かが》み込むようにして、机の上を検分していた浮雲だったが、筆などの道具を入れておく箱を手にしたところで、その表情が一変した。

「この道具箱は、お前の息子が買ったものか？」

浮雲に訊ねられた哲心は、眉を寄せながら、その道具箱を観察する。

「郁治郎が自分で買ったものでしょう。私には覚えがありませんから――」

哲心が首を振ると、浮雲がちっと舌打ちを返した。

八十八の目には、何の変哲もない道具箱なのだが、浮雲は、そこから何かを感じ取っているようだった。

「この箱は借りるぞ」

浮雲は、道具箱を抱えると、そのまま足早に部屋を出て行ってしまった。

いきなり捨て置かれるかたちになり、哲心は困惑している。どうしたものか——思案してみたものの、八十八に考えなど浮かぼうはずもない。

「後ほど、改めて——」

八十八は、哲心に一礼すると、慌てて部屋を出て浮雲を追いかけた。

「浮雲さん」

哲心の家を出たところで、浮雲の背中を見つけて声をかける。しかし、浮雲は立ち止まろうともしない。

「いったい、何なんですか？」

八十八がそう言葉を続けると、ようやく浮雲が足を止めた。

「こいつは、思った以上に厄介な事件だ」

「厄介とは？」

「血の問題さ。お前には、かかわりのねぇことだ」

「かかわりないって……そういうわけにはいきませんよ」

八十八が言い募ると、浮雲は口許を歪《ゆが》めた。

「余計なことに首を突っ込むな。お前まで、死ぬことになるぞ——」

——死ぬ？

どうして、今の状況で八十八が死ぬということになるのか？　問い質そうとしたが、それを封じるように、浮雲が墨で描かれた眼を八十八に向けてきた。

「おれは、少し調べることがある。八は、家に帰って何があっても動くな――」

ぴしゃりと言った浮雲は、そのまま走るような速さで行ってしまった。あとを追うべきなのだろうが、どういうわけか足が出なかった。

拒絶を示す浮雲の背中が、あまりに遠くに見えてしまった。

八

八十八は、すっかり意気消沈し、とぼとぼと歩いていた――。

これまでも、浮雲が八十八を事件から遠ざけようとしたことは、何度もあった。ただ、それは八十八の身を案じてのことで、言葉の中に優しさがあった。

だが――。

さっきの浮雲の言葉は、これまでのものとは、明らかに違っていた。

――血の問題さ。お前には、かかわりのねぇことだ。

浮雲の言葉が、幾度となく八十八の耳に蘇《よみがえ》る。あの言葉には、拒絶の意思が込められていた。

単に八十八を無関係だと断じただけでなく、これ以上、自分に近寄るなという警告でもあったような気がする。

「私は、友だと思っていたのに……」

自然と言葉が漏れた。

だが、それは思わず出た言葉というより、紛《まが》うかたなき本心だった。

歳も生まれた境遇もまるで違う。考え方も、相容れぬものがある。特に、女の人に対するそれは、まったくの正反対だといえる。

それでも——。

八十八にとって、浮雲は友だ。

きっかけは、心霊事件の解決を依頼したことだったが、それから、沢山の事件を経験し、彼の心根に触れ、強く惹《ひ》かれた。

友であると同時に、頼れる存在——父であり、兄のような男でもあった。

八十八には、血縁者はいない。だが、血の繋がりのない源太《げんた》に育てられ、その娘であるお小夜を姉として慕ってきた。

人と人との繋がりは、何も血だけではない。血が繋がっていたからといって、それが濃い絆になるわけではない。

だから——。

友というより、八十八にとって浮雲は、家族のような存在だった気がする。

八十八の物思いを遮るように、カタカタと歯車が鳴るような音がした。次いで、「申し——」と呼びかける声がした。

はっと顔を上げると、そこには一人の男が立っていた。

小柄で痩せた体軀《たいく》で、薄気味の悪い笑みを浮かべ、顎に一本鬚《いっぽんひげ》を生やした老人だった。

いや、違う。あの笑みは、実際の表情ではない。

あれは、面《おもて》だ——。

それが分かると同時に、ぞわっと足許から震えが這《は》い上がってきた。目の前に立っている老人の正体を知ったからだ。

「蘆屋道雪……」

その名を口にした八十八の声は、自分でも分かるほどに震えていた。

それもそのはず。蘆屋道雪は、呪いの道具を使い、人を破滅へと導く陰陽師だ。人の命など、何とも思っていない冷血漢——。

狩野遊山は、政にからんで目的を持ち、呪術を用いて人を陥れる。だが、蘆屋道雪は、単に自分が愉しむためだけに、人の命を弄《もてあそ》ぶ外道だ。

おまけに、恐ろしいほどに剣の腕が立つ。宗次郎《そうじろう》をもってしても、敵《かな》わぬほどの達人だ。

「覚えておいでしたか」

蘆屋道雪は、かっ、かっ、かっ、と声を上げて笑う。

「ど、どうしてここに……」

八十八は、じりっと後退《あとずさ》る。

蘆屋道雪は、残忍な男でもある。容赦なく人を殺《あや》める姿を、八十八は幾度となく目にしている。

「私が、ここにいる理由が知りたい——と。ならば、教えて差し上げましょう」

道雪は、ずいっと一歩足を踏み出した。

たったそれだけなのに、八十八の中にある恐怖が倍増した。

——駄目だ。このまま、ここにいてはいけない。

何とかして逃げ出さなければ。八十八は、震える身体にぐっと力を入れると、意を決して踵《きびす》を返した。

そのまま走り去るつもりだった。

だが——。

どういうわけか、振り返った先に道雪の姿があった。

笑みの貼り付いた面が、じっと八十八を見据える。

「どちらに行かれるのです？　私がここにいる理由を知りたいと言ったのは、あなたではありませんか？」

道雪の声が、不快に八十八の耳朶《じだ》を揺さぶる。

「うっ……」

八十八は、声を詰まらせ動けなくなってしまった。

「そんなに怯《おび》えないで下さい。私は、あなたには何もしませんよ」

道雪が囁く。

あなたには——を強調した言い回しが、どうにも引っかかった。

「ど、どういうことです？」

「ですから、私はあなたには何もしません。しかし、あの男は、あなたの大切な人に、何かするかもしれない」

「な、何を……」

——道雪は、いったい何を言っているのだ？

「あなたに、真相を教えて差し上げます」

「真相？」

「ええ。私が呪いの道具を作っていることは、ご存じですよね？　先日、面白いものを作ったので、ある人物に譲って差し上げたんです」

「ある人物って、もしかして郁治郎さん……」

「ご推量にお任せします」

「いったい何を作ったのです?」

八十八は、怖さを押し殺しつつ訊ねた。

「私が作ったのは筆です」

「筆?」

「そう。絵を描くときに使う筆です。もちろん、ただの筆ではありません。人の毛髪で作った筆です」

「毛髪?」

筆に毛髪を使うことはある。だが、道雪が呪いの道具としたのなら、単なる毛髪ではないはずだ。

「ええ。無念のうちに、打ち首になった罪人たちの毛髪で作った筆です。数多の憎しみの込められた筆は、人の心を惑わせるのです――」

「それを、郁治郎さんが持っている……」

「私が無理に渡したわけではありませんよ。あの男が、自ら欲したんです」

「そんなはずは……」

呪《のろ》われた筆を、好き好んで使う者などいようはずがない。

「あなたも絵師を志しているなら、分かるでしょう」

「え？」

「描いても、描いても、自分の満足のいく作品が描けないというのは、絵師にとって地獄だと思いませんか？」

「それは……」

そうかもしれない――。

思うように描けない苦しさは、八十八もよく知っている。描けないということは、まるで自分の存在そのものを認められていないような気になる。

描けない自分には、そもそも生きている意味はあるのだろうか――と思うほどに追い詰められてしまう者もいるだろう。

「しかもあの男は、自分の血縁者によって、その才能を見限られたのです」

「……………」

哲心は、子どもであるという甘さを取り除くために、敢えて息子の郁治郎に厳しく接した。だが、それが裏目に出たということか――。

「しかも、あの男は、自分ではない肉親にこそ才能があると感じた」

「まさか、生まれたばかりの赤子に、嫉妬したとでも言うんですか？」

「年齢や経験は関係ありません。これは」

血の話ですから――と道雪は言った。

確かにそうだ。血の話なのだろう。郁治郎は、自分は父から才能を受け継いでいないのに、生まれたばかりの赤子が、その才能を受け継いだと悲観した。

「あの男は、もう一度、自らの才能を開花させるための方法を必死に探していた。だから、私は教えてあげたんです。この筆を使えば、今まで誰も描いたことのない絵を描ける――とね」

――嘘だ！

そう叫ぼうとしたが、声にならなかった。

道雪は嘘は吐いていない。素晴らしい絵が描けるとも、美しい絵が描けるとも言っていない。今まで誰も描いたことのない絵を描ける――と言ったのだ。

現に、郁治郎は、人の血を使って絵を描くという、これまで誰もやったことのない方法で絵を描いている。

「何と酷いことを……」

道雪のあまりに非道なやり口に、怖さより怒りの方が強くなった。

「何を言っているのです。私は、ただ望みを叶《かな》えたに過ぎませんよ。そうでしょう？」

同意など到底できない。

「………」

「本当は、このまま放っておいても面白かったのですが、あなたたちのために、少しばかり手を加えることにしました」

道雪がずいっと八十八に顔を近付け、声を低くした。

「手を加える？」

「そうです。最初のあなたの問いは、なぜ私がここにいるか——でしたよね」

——そうだった。

思いがけず話が逸《そ》れてしまったが、八十八が最初にぶつけた疑問は、まさにそれだった。

「この芝居に、あなたたちにも参加して頂くために、私はあの男に一つ助言を与えました」

「助言……」

——いったい何を話したというのだ？

八十八には、皆目見当がつかない。それ故《ゆえ》に、余計に不安が膨らんでいく。

「そうです。ある女の姿を描けば、これまでにない絵を完成させることができる——そうお伝えしたんです」

道雪の話を聞き、額にぶわっと玉のような汗が浮かんだ。

これまでの話から、道雪が選んだ女が誰なのか見当がついてしまった。だが、心がそれを受け容れることを拒んでいた。

道雪は、そんな八十八の心情などお構いなしに、言葉を滑り込ませてくる。

「あの娘――名は何と言いましたかな。おっ、そうだ、そうだ。確か伊織という名でしたね」

さあっと音を立てて血の気が引いた。

常軌を逸した郁治郎が、次に狙っているのは伊織ということだ。

「面白いと思いませんか？　彼は、呪われた筆で最後にどんな絵を描くのでしょうね？　そして、大切な女を奪われたあなたは、どんな絵を描くようになるのでしょうね？　実に興味深い――」

八十八は、道雪の言葉を最後まで聞くことなく駆け出していた。

――今日と同じ日が、明日も続くとは限らねぇ。

浮雲の言葉が、不吉な響きをもって八十八の脳裏を過《よぎ》った。

九

八十八が、萩原《はぎわら》家の前に着くと、ちょうど中から新太郎が出て来るところだった――。

「おや。八十八さん」

新太郎が、いつもと変わらぬ調子で声をかけてきた。

何が起きているのか知らないのだから、こういう反応になることは、当然といえば当然なのだが、それでも苛立《いらだ》ってしまう。

「伊織さんは！」

八十八は、必死の形相ですがりつくようにして新太郎に問う。

「部屋にいますよ」

「一人ですか？」

「今、絵師の方がいらっしゃっているんですよ。何でも、伊織を描きたいとかで――」

――やはりそうだった。

おそらく、中にいるのは、蘆屋道雪にそそのかされた郁治郎だ。伊織の血を使って、絵を描こうとしているのだ。

恐怖が這い上がってきて、卒倒してしまいそうになったが、必死に堪《こら》えた。

「駄目です！」

「どうしてです？」

八十八の慌てように、新太郎も深刻な事態だと察したらしく、険しい口調になった。

「その絵師は、伊織さんの血で絵を描こうとしているんです！　伊織さんが危ない！」

八十八が叫ぶように言うと、新太郎は、さっと身を翻《ひるがえ》して屋敷に戻っていく。八十八も、すぐそのあとを追いかけた。

――間に合ってくれ。

八十八は、ひたすらにそう念じながら走った。

もし、伊織に何かあったら、自分はどうなってしまうのか、まるで見当がつかなかったし、そんなことは考えたくもなかった。

浮雲の言う通りだった。

同じ日が、明日も続くとは限らない。だから、今を必死に生きなければならない。先日の事件で、それを痛感したはずだった。

だからこそ、秘めていた伊織への想いを口にしたりもしたのだ。

それなのに――。

八十八は、安心してしまっていた。明日も同じだと錯覚した。

いや、そういう問題ではない。今はただ、伊織の無事を信じ、郁治郎の手から救うことだけを考えよう。

「伊織!」

新太郎が勢いよく襖を開け放ち、部屋の中に入る。

八十八も、同じように足を踏み入れる。

が、そこで動けなくなった。

こちらに背中を向けるかたちで、一人の男が立っていた。その手には、匕首《あいくち》が握られていて、尖った刃先からは、ひたひたと血が滴《したた》り落ち、畳に染みを作っていた。

そして、壁際には伊織の姿があった。

着物姿の伊織は、しなだれるように座り、恐怖に顔を引き攣らせている。

左腕を斬られたようで、右手で傷口を押さえていた。

伊織は剣術を嗜《たしな》んでいる。太刀打《たちう》ちできるだけの力量はあるのだが、武器を持たず、着物姿であることが災いしたのだろう。

何にしても、このままでは伊織の命が危ない。

郁治郎は、こちらに背中を向けている。一気に距離を詰めて飛びかかることも考えたが、失敗すれば、伊織に害が及ぶ。

「郁治郎さん！　こんなことは止めて下さい！」

八十八は、郁治郎の背中に向かって呼びかけたが、まるで聞こえていないのか反応がない。

「人の血を使ったって、いい絵なんて描けませんよ！　あなたは、呪いの筆に惑わされているんです！」

さらに声を張ったものの、やはり郁治郎は微動だにしなかった。

完全に我を失っているのだろう。

「八十八さん……」

新太郎が八十八の腕を摑み、目配せしてきた。八十八は、その意図を察して大きく頷いた。

「郁治郎さん。あなたは、こんなことをしなくても、いい絵が描けるはずです。哲心さんは、きつい言い方をされたようですが、あなたの才能を分かっていますよ」

八十八は、口調を変えて郁治郎に語りかけた。

郁治郎が、わずかではあるが、顔を上げたように見えた。

新太郎は、音を立てないように少しずつ移動しながら、郁治郎に近付いて行く。

「あなたが持っている筆は、蘆屋道雪という陰陽師が作った、呪いの筆なんです。そんなもので、美しい絵が描けるはずがありません。呪いから生み出されるのは、呪詛《じゅそ》だけなんです」

「…………」

新太郎は、だいぶ郁治郎に近付いた。もうすぐ、手が届きそうだ。

八十八は一度伊織に目を向け、「安心して下さい」と心の中で言いながら頷いてみせた。伊織も、察してくれたらしく、頷き返してくる。

「郁治郎さん。道具なんかに頼らず、あなたは、ご自分の才能を信じるべきです――」

「誰に向かって説教を垂れている。小僧が――」

郁治郎が振り返った。

いや違う――。

振り返ったのは、郁治郎ではなかった。郁治郎だと思っていたのに――。

匕首を持って立っていたのは、狩野哲心だった。

「な、なぜ……」

どうして、ここに哲心がいるのか、八十八には皆目見当がつかなかった。

血で絵を描いていたのは、息子の郁治郎だったはずだ。

哲心ほどの人物が、呪いの道具を使ってまで、絵を描く必要はどこにもないはずだ。

「ふぅう、しゅるるる――」

哲心が人とは思えぬ、異様な声で唸《うな》る。

八十八が、答えを見いだせないうちに、哲心が憤怒の表情を浮かべた。

それは、まるで――鬼だった。

あまりの迫力に、八十八はじりっと後退る。哲心は、それを逃すまいと、詰め寄って来る。

哲心が、持っていた匕首を振り上げた。

煌《きら》めく切っ先には、鋭い尖った敵意が宿っていた。

「わっ」

八十八は、声を上げながら、両手で頭を抱えた。

てっきり斬られると思ったが、匕首が八十八に振り下ろされることはなかった。

ぱっと目を向けると、哲心が振り下ろした匕首を、すんでのところで木刀が防いでい
た。

土方だった——。

「間に合ったようですね」

笑みを浮かべながら言った土方は、そのまま木刀を素早く振るって、哲心の手から匕首を弾《はじ》き飛ばしてしまった。

ドッと音を立てて匕首が畳に突き刺さり、哲心は腕を押さえて呻いていた。

見ると伊織も無事なようだ。

ほっと胸を撫で下ろすのと同時に、伊織が駆け寄って、八十八の胸に飛び込んで来た。

八十八は、戸惑いながらもそれを受け止める。

いつも気丈に振る舞っている伊織だが、それでもやはり怖かったのだろう。

「もう大丈夫です」

八十八が、そう言うなり、「ぐがぁぁ！」という叫びが部屋に響いた。

哲心が、鬼の形相で睨んでいた。

匕首を失い、素手であるにもかかわらず、まだ黒い情念を捨て切れていないようだっ
た。

「まだ、やりますか？　この先は容赦できませんよ」

土方が、盾になるように、哲心と八十八たちの間に立った。

この状況では、哲心に勝ち目などない。普通なら、大人しくなるところだが、哲心は完全に自制が利かなくなっていた。

「がわぁ！」

獣のような咆哮《ほうこう》を上げたかと思うと、真っ直ぐに突進して来た。

「救いがないですね――」

土方が、呟くように言ったあと、木刀で哲心の喉元《のどもと》を突いた。

その一撃で、哲心は白目を剝《む》いてその場に倒れ込んだ。

「いったい、どういうことなのですか？」

八十八は答えを求めて土方に目を向けた。

どうして、哲心がこのような様《ざま》になっているのか、どうにも理解できない。何せ、この部屋に入るまで、いるのは息子の郁治郎の方だと思っていたくらいだ。

「それについては、私よりあの男に訊いた方がいいでしょう」

土方が言うのに合わせて、浮雲がすっと部屋に入って来た――。

十

浮雲は、八十八を見ると「無事だったか――」と呟きつつ、倒れている哲心に赤い双眸を向けた――。

「浮雲さん。これは、いったいどういうことなんですか？」

八十八は、改めてその問いを投げかけた。

蔑《さげす》んでいるようでもあり、哀れんでいるようでもある。

「どうも、こうもねぇよ」

浮雲は、呟くように言いながら、ぼさぼさ頭を苛立たしげにかき毟る。

それでは何の説明にもなっていない。八十八が、そのことを言い募ると、浮雲は仕方ねぇな――という風に口を開いた。

「八は、蘆屋道雪に会ったんだろ？」

てっきり説明が始まるのかと思っていたのに、問いが返ってきた。

「ええ」

「だったら、呪いの筆のことは分かっているな？」

「はい」

蘆屋道雪が作った呪いの筆については、本人から話を聞いた。問題は、郁治郎が持っていると思っていた筆を、なぜ哲心が持っていたか——だ。

「蘆屋道雪は、自らの才能が枯渇し、絵師として思い悩んでいた哲心に、その筆を持たせたのさ——」

「息子の郁治郎さんではなかったんですか？」

「ああ。違う。渡したのは哲心だ」

蘆屋道雪とのやり取りが、頭の中で再現される。

あのとき道雪は、呪いの筆を渡した人物のことを、「あの男——」とだけ言っていた。それなのに、八十八が勝手に郁治郎だと思い込んでいたのだ。

道雪は、八十八がそうした勘違いをしていることを承知で、微妙な言い回しをしていたのかもしれない。

とはいえ、まだ納得できたわけではない。

「し、しかし、哲心さんは、絵師として成功しているじゃないですか。才能があることは、誰もが認めるところのはずです」

八十八が言い返すと、浮雲は苦い顔をして視線を土方に向ける。

釣られて八十八も土方に視線を送る。

「以前の哲心さんは、それなりに評価もされていましたが、ここ最近は、めっきり仕事も減り、思い悩んでいたんですよ」

土方が小さく首を振りながら言う。

「そ、そうなんですか？」

「ええ。特に、ここ一年くらいは、絵が描けなくなってしまっていたんです。見るに見かねて、刺激になればいいと思い、八十八さんの絵を哲心さんに見せたんですよ」

「し、しかし、そんなことはひと言も……」

「言いませんでしたよ。言えば哲心さんを傷付けることになります」

「そうですね……」

「八十八さんとの面談で、哲心さんの枯渇した何かが、蘇ればいいと思っていたのですが、結果として八十八さんを巻き込んでしまいました。申し訳ありません」

土方が丁寧に頭を下げた。

「いえ。そんな……」

別に、謝られるようなことではない。土方は、良かれと思って仲介したに過ぎない。

納得しかけた八十八だったが、すぐに新たな疑問が浮かんだ。

「待って下さい。でも、私には、哲心さんの才能が枯渇しているなんて思えませんでした。だって、あれほど素晴らしい絵を描いていたではありませんか」

八十八は、身を乗り出すようにして言った。

哲心の部屋で見た絵は、どれも素晴らしく、目を奪われるものだった。あれほどの絵を描ける哲心が、自分の才能に思い悩むというのは、どこか違うような気がする。

「あれは、哲心の絵じゃねぇ」

言ったのは浮雲だった。

「え？」

「八が入ったのは、息子の郁治郎の部屋だったんだよ」

「な、な、何と……」

「ほとんど絵が描けなくなっていた哲心さんは、八十八さんに絵を見せて欲しいと乞われ、迷ったのでしょう」

土方が言う。

思い返してみると、あのとき、確かに哲心は渋っていた。

それに、あのとき部屋に現われた郁治郎は、「こんなところで何をしているんだ？」と哲心に訊ねた。

あのときは特に気にならなかった。しかし、よくよく考えるとおかしな言葉だった。

あそこが哲心の部屋だったとすると、「こんなところで――」というのは、どう考えてもおかしい。

郁治郎からしてみれば、帰宅したら父親の哲心が、自分の部屋に知らぬ男を連れ込んでいたので、ああいう言い方になったのだろう。

でも——。

「なぜ、哲心さんは自分の部屋でなく、郁治郎さんの部屋に？」

「それは答えるまでもないでしょう。哲心さんは、あなたの才能を認めた。だからこそ、あなたの前で恥はかけないと思ったのです」

——何ということだ。

八十八が、何気なく発した言葉が、思いがけず哲心を追い詰めていたということのようだ。

「では、私が褒めた絵は、郁治郎さんの絵だったということなのですね」

「そうです」

土方が大きく頷いた。

色々と腑に落ちた。しかし——と思う。

「哲心さんは、息子の郁治郎さんの才能に、気付いていたんですか？」

八十八が問うと、土方が顎を引いて頷いた。

「ええ。気付いていました。だからこそ、疎《うと》ましいと思ったんです。絵の指南をしなかったのも、自分を超える存在になると分かっていたからです」

「それは良いことではないんですか？」

子が、親を超えていくのは、親としては望むべきところであるはずだ。それを疎ましく思うなんて、納得ができない。

「それは、八の考えだろ」

突き放すように浮雲が言った。

「え？」

「哲心からしてみれば、許せなかったんだ。他の人間ならまだしも、自分の子が、自分を超えていくというのが」

「でも、哲心さんは、私の絵を褒めて下さいました」

そこには嘘はなかったと思う。

八十八のために思い、助言をし、評価もしてくれた。そんな人が、誰かに追い越されることを疎んじたりするだろうか？

「それは、お前が他人だからだよ」

「他人だから？」

「そうだ。血の繋がりがあるからこそ、許せないことがある。少なくとも、哲心にとってはそうだった——」

「そんなの哀《かな》しいです」

「哀しいかどうかは、お前が決めることじゃねぇ。まあ、今回は別のものが影響していることもあるがな」

「別のもの？」

「お滝さんですよ――」

口を挟んだのは、土方だった。

八十八は会っていないが、お滝は哲心の二人目の妻だ。そのお滝が、どうして哲心と郁治郎の確執にかかわっているというのだろう。

そのことを問うと、土方は何とも複雑な表情を浮かべた。

「お滝さんは、元は遊女だったんです」

「遊女……」

「ええ。玉藻さんの話では、哲心さんが、身請けをしたようなんです」

「そうだったんですか……」

「つまり、お滝さんは、望んで哲心さんの妻になったわけではないのです。そんなお滝さんは、やがて息子の郁治郎さんに惹かれるようになった。郁治郎さんもまた、お滝さんに惹かれた――」

「何と……」

――それは悲劇だ。

「やがて、哲心さんもそれに気付き始めた。だから余計に、郁治郎さんに負けるわけにはいかなかったんです」

「もしかして、郁治郎さんを住み込みの修業に出したのは、お滝さんと引き離すためだったのですか？」

「おそらく――」

土方は、大きく頷いた。

だから郁治郎は、弟子入りした行徳の許から戻って来たのかと納得するところはあるが、それでも分からない部分はある。

「どうして、郁治郎さんとお滝さんとの仲まで、分かったんですか？」

「何だ。お前は気付いてないのか？」

横から口を挟んできたのは浮雲だった。

「気付かないでしょう。普通」

「だからお前は阿呆なんだ」

浮雲が、呆れたように首を左右に振る。

「分かるはずないじゃないですか」

「よく考えろ。お前が、哲心の部屋だと思って入ったのは、郁治郎の部屋だった。文机の上の絵を見たんだろ」

――見た。

赤子を抱く母の肖像を。

そうか。

あれは、郁治郎が描いたものだったのか――。

八十八は、ようやく全てが腑に落ちた。急に力が抜け、その場に座り込みそうになったが、伊織がいたことで辛《かろ》うじて堪えることができた。

「これで終わりなのですね」

肩の力を抜きながら呟いた八十八だったが、浮雲と土方は、険しい顔のまま動こうとはしない。

――まだ何かあるというのか？

「そこにいるんだろ。出て来いよ」

沈黙を破るように浮雲が言う。

その視線は、庭に向けられていた。だが、人の姿はない。幽霊だろうか――。

「おれに話があるんだろ！　さっさと出て来い！」

浮雲が鋭く言い放つ。

カタカタッと歯車が鳴る音がした。

「やはりお気付きでしたか――」

声がしたかと思うと、いつの間にか、そこに一人の男が立っていた。一本鬚を生やした、翁《おきな》の面をつけた男。

十一

「あれは、蘆屋道雪――」

八十八がその名を口にすると、道雪は一本鬚を撫でながらにたっと笑う。

「此度《こたび》も、てめぇの謀《はかりごと》か」

浮雲が赤い双眸で、道雪を睨み付ける。

「怖い顔をされますね。あなたのような高貴な方が、そのような顔をしてはいけませんよ」

「黙れ！」

浮雲が金剛杖でドンと床を突く。

「何をそんなに怒っているのです？」

「他人の人生を弄んで、いったいどういうつもりだ？」

「何度も同じことを言わせないで下さい。私はね。愉しいからやってるんですよ」

「巫山戯《ふざけ》るな！」

「巫山戯てなどいませんよ。そもそも、私はきっかけを与えただけで、その男が、そうなったのは自分の意思ですよ」

道雪が、すうっと倒れている哲心を指差した。

自らの子の才能に嫉妬し、歪んだ欲求を抱いたところはあるかもしれない。だが、ほとんどの人間は、そこで踏み留《とど》まるものだ。

道雪は、それを踏み越える力を与えてしまった。呪いの筆という力を——。

「それが外道だと言っているんだ！」

浮雲は大喝すると、庭に躍り出て金剛杖を構える。

道雪と一戦交えるつもりらしい。

「ほう。やりますか」

道雪は、嬉しそうに言いながら背負った笈《おい》を下ろし、すうっと刀を抜いた。

だが、構えはしなかった。

だらりと垂らした手に、ただ刀を握っている。無防備なはずなのに、そこには一分《いちぶ》の隙もない。

「どうしました？　来ないのですか？」

「行くさ」

浮雲は、素早く金剛杖で道雪を突いた。

その一撃は、道雪の身体を貫いた——はずだった。

「ふむ。悪くはないですが、やはり殺気のないあなたに、私を討つことはできません」

道雪は、いつの間にか浮雲の背後に回り込み、その背中に刀を突きつけていた。

速いとか、そういう類《たぐ》いのものではない。一度消えて、再び現われたように、八十八にには見えた。

「てめぇ」

浮雲が呻くように言う。

背中に刀を突きつけられては、動くことはできない。

「此度の一件は、何も哲心という男を惑わすことが目的ではなかったのですよ」

道雪が笑みを含んだ声で言う。

「何？」

「あなたと、こうして話す機会が欲しかったのです」

「………」

「どうです。私と一緒に、京の都に行きませんか？」

「京の都だと？」

「ええ。私と一緒に、時代を動かすのです」

さっきから、道雪はいったい何の話をしているのだ？　八十八には、道雪の話を呑み込むことができなかった。

「断る！　おれが、お前のような外道と組むはずがなかろう！」

「そうですか……。それは残念です。唯一の血縁者を手にかけるのは心苦しいですが――」

「え？」

八十八は思わず声を上げる。

今、道雪は浮雲に向かって「唯一の血縁者――」と言った。あれは、いったいどういう意味だ？

「ここで死んでもらいましょう」

道雪が、刀を浮雲の背中に突き立てようとした刹那《せつな》、土方が動いた。

猛烈な速さで道雪に打ちかかった。

完全に不意を突いたはずだったにもかかわらず、またしても道雪の姿が忽然《こつぜん》と消えた。

――どこに行った？

八十八は必死に視線を走らせる。

「あっ！」

気付けば、道雪はいつの間《ま》にか土方の背後に立っていた。

土方は、身を翻しつつ飛び退いたが、一瞬だけ遅れた。道雪の振るった刀が、土方の右腕を掠《かす》めた。

土方は、右腕から血を流しながらも木刀を構える。

だが、あのような傷を負った状態では、道雪に到底敵わないだろう。

「同時に行くぞ」

浮雲が、土方に声をかける。

二人で仕掛ければ、道雪に勝てるかもしれない。いや、本当にそうか？　道雪の動きは、剣術というより妖術の類いである気がする。

「ほう。二人でかかれば、私を倒せるとでも？」

道雪は、面の一本鬚を撫でる。

そこまでは見えていた。なのに、八十八の視界から道雪の姿が消えた。浮雲も土方も、道雪の姿を見失っているらしい。

「どこを見ているのです？」

道雪が、浮雲の背後に再び姿を現わした。

真っ直ぐに刀が振り下ろされる。

——殺《や》られる！

八十八は目を閉じることしかできなかった。

キンッと鋼《はがね》を打ち鳴らすような音がした。

——あれ？

今の音は不自然だ。

八十八が目を開けると、そこには、ぼろぼろの法衣《ほうえ》を纏った虚無僧《こむそう》の姿があった。そして、その虚無僧が道雪と斬り結んでいた。

この男は、ただの虚無僧ではない。

「狩野遊山――」

八十八は、畏怖《いふ》と共にその名を口にした。

元狩野派の絵師であり、言葉巧みに他人を操り、破滅へと導く呪術師――狩野遊山。

薄汚れた身なりに反して、その顔は女と見紛うほどに美しい。

状況からして、狩野遊山が、浮雲を助けたらしいが、いったいなぜ？　そもそも、狩野遊山はいつこの場所に現われたのだ？

「ほう。あなたまで出て来ましたか」

道雪が言う。

「この男に死なれては、困る人たちがいるんですよ」

狩野遊山が答える。

急に何を言い出すんだ。浮雲に死んでもらっては困る人というのは、いったいどういう類いの人間なのだろう？

「なるほど。あなたたちは、この男を政に利用するつもりなのですね。ただ、私としては、そうされると迷惑なんですよ」

道雪はそう言いながら、飛び退いて一旦《いったん》距離を置く。

さすがに刀を構えるかと思ったが、道雪はだらりと腕を垂らし、棒立ちのまま狩野遊山を見据えている。

無防備そうでいて、やはり隙がない。

狩野遊山も、それが分かっているらしく、不用意に飛び込んだりせず、刀を構えたまま道雪を見据えている。

「どうしたのですか？　私を討つのではないのですか？」

道雪が挑発するが、狩野遊山はそれに乗ることはなかった。身じろぎ一つせず、じっと押し黙っている。

「来ないのであれば、こちらから行きますよ――」

先に動いたのは道雪だった。

狩野遊山との距離を一気に詰めると、そのまま真っ向に斬りかかった。

――斬られる！

そう思った刹那、どういうわけか狩野遊山は道雪に背中を向ける。

――どうして？

狩野遊山は、道雪に背を向けたまま、目の前の誰も居ない空間を斬った。

一瞬の静寂――。

てっきり、背後から道雪に斬られたと思ったのだが、狩野遊山は無傷だった。

そればかりか、斬りかかったはずの道雪の姿が、忽然と消えていた。

いや――。

消えたのではない。

道雪は、いつの間にか狩野遊山の前に立っていた。

どうやら、一瞬にして道雪は狩野遊山の背後に回り込んだ。それを先読みした狩野遊山が、振り返り斬りかかったということだろう。

「幻術ですよ」

納得しかけた八十八を窘めるように狩野遊山が言った。

「え？」

「この辺りには、予《あらかじ》め幻覚を見る作用がある香が焚《た》かれていたんです。あなたたちは、そうとは知らず、この男の幻覚と戦っていたのです」

狩野遊山の話を聞き、八十八はようやく全てに納得する。

道雪が消えたと思われたのは、幻覚のせいだったようだ。そして、狩野遊山は、そのことが分かっていたので、それに惑わされることなく対処できたということのようだ。

「いやはや。厄介な男ですね。あなたは。せっかくの面が割れてしまったではありませんか——」

道雪が苦々しい口調で言うのに合わせて、つけていた翁の面が真っ二つに割れた。

露《あら》わになった道雪の顔を見て、八十八は思わずぎょっとなった。

翁の面をつけていたせいで、てっきり老人だと思っていたが、その下から現われたのは、若い顔だった。

しかも——女だった。

それだけではない。切れ長の双眸は、燃え盛る炎のように、真っ赤に染まっていた。

「やはりお前だったか……」

浮雲が苦々しい表情を浮かべつつ、吐き捨てるように言った。

女は——道雪は、薄い唇を吊り上げて、いかにも嬉しそうに笑ってみせた。

「ようやく気付いて頂けましたか」

道雪が言う。

その声は、これまでの嗄《しやが》れた老人のそれではなく、凜《りん》と透き通った女の声に変わっていた。おそらく、こちらが地の声なのだろう。これまで、欺《あざむ》くために声音を変えていたに違いない。

浮雲は、この女——道雪が何者であるかを知っているようだ。

「こ、この人はいったい……」

八十八が口にすると、浮雲はふうっと長いため息を吐いた。

「従姉妹《いとこ》だ」

「い、従姉妹？」

「そうだ。おれの母親の妹の子だ」

道雪は、浮雲の血縁者だったということか――。

驚愕《きょうがく》の事実だ。だが、それが嘘でないことは、道雪の眼を見れば明らかだ。浮雲と同じ、赤い双眸は、血によって受け継がれたものなのだろう。

「もう少し、早く気付いて下さると思っていたんですけどね――」

道雪は、ふふっと赤い唇の隙間から息を漏らした。

「戯言《たわごと》を。お前は、気付かれないように、面をつけていたんじゃねぇのか？」

浮雲がずいっと道雪に歩み寄る。

「そうでしたね」

「ちょ、ちょっと待って下さい。従姉妹って、どういうことなんですか？」

八十八は堪らず声を上げる。

「言葉のままですよ。私の母と、この男の母は、姉妹だったのです」

道雪が淡々とした調子で言う。

「そ、そんな……」

「この男の母は、宮中に仕えていたんです。陰陽師として――」

「え？」

道雪の言葉に、八十八は驚きを禁じ得なかった。

「腕がよく、宮中でも信頼を得ていた。しかし、問題が起きた」

「問題？」

「あろうことか、帝《みかど》と連なる皇子《おうじ》と恋に落ちたのです。そして、身籠もった。そうして、この世に生を享《う》けたのが、この男なんですよ」

道雪が、すうっと浮雲を指差す。浮雲は無言のまま、道雪を睨んでいた。

信じ難い話だった。浮雲が皇族の血を引いているなど――。

だが、改めて思い返してみると、腑に落ちるところもある。これまで、土方や玉藻、あるいは狩野遊山が、それを匂わせるようなことを口にしていた。

それこそ、此度の事件のときも、血からは逃れられない――というようなことを土方が言っていた。

狩野遊山が、「この男に死なれては、困る人たちがいるんですよ」と言っていた理由も、皇族の血を引いていると考えると納得できる。

「で、でも、皇族の血を引いた浮雲さんが、どうして……」

江戸でその日暮らしをしているのか？　それが八十八には分からなかった。もっと優雅な暮らしができたはずだ。

「赤い眼を持つ一族と、皇族が交わるなど、本来はあってはならないことなのですよ」

「そ、そうか……」

宮中に任えていたとはいえ、身分が違い過ぎる。しかも赤い眼をした異形《いぎょう》の子なのだ。

「結果として、その男の母親は殺された。その男も、同じ運命を辿《たど》るはずだった。それを私の父と母が救ったのです。その男が死んだことにして、ある寺に預け、密《ひそ》かに育てたというわけです」

「そ、そうだったのか……」

道雪の話を聞き、浮雲がどうしてそれほどまでに、赤い双眸を他人に見せることを嫌っていたのかを知った。

それだけではない。身分というものに対して、激しい嫌悪の念を抱いていたのも、そうした自分の生い立ちがあってのことだろう。

「ただ、そのことがばれてしまい、私の父と母は殺されました——」

道雪が小さく首を左右に振った。

「お前は、その復讐《ふくしゅう》をしようってわけか?」

浮雲が問う。

確かに、そういうことなら、道雪が顔を隠し、浮雲の周辺に現われては事件を引き起こしてきた理由に合点がいく。

「まさか。復讐などどうでもいいことです。私には、もっと別の目的があります」

「別の目的だと？」

「時代は変わったのです。当時は、死ぬべき存在だったあなたも、今となっては別の意味を持ちます。そうですよね。狩野遊山――」

道雪が視線を向けると、狩野遊山はわずかに目を細めた。

なるほど――。

政において、浮雲に流れている血というのは、大いに利用できるということなのだろう。

「残念ながら、あなたたちと、私たちとでは、この男の利用方法が違いますがね」

狩野遊山がにたっと笑みを浮かべる。

「そうでしたね。あなたとは、いつか相見《あいまみ》えることになるのでしょう。しかし、それは今ではありません」

「そうかもしれませんね」

狩野遊山は、静かに答えると刀を納める。

「お前の目的とは何だ？」

浮雲が問うと、道雪はすっと冷たい顔になった。

「もしそれを知りたいなら、私を追って来て下さい。運命からは逃れられないのです。京の都で待っていますよ」

道雪は、そう告げるとくるりと背中を向けた。

「待て！」

浮雲が、すぐに追いかけようとしたが、それを阻むように白い煙が立ちこめてきた。

それは、瞬《またた》く間に辺りを包み込み、何も見えなくなった。

ゴホゴホと噎《む》せ返りながら、手を振るって煙を払う。

しばらくして、視界が開けてきたが、そのときにはもう道雪の姿は完全に消えていた。

いや、それだけではない。狩野遊山の姿もまた消えていた。

ただ、割れた翁の面だけが残された──。

その後

八十八は息を切らしながら、必死に走っていた──。

手には文を握り締めている。

今朝方、目を覚ますと、枕元にポツンと置かれていたものだ。目を通して、思わずぎょっとなった。

浮雲からの文で、短く次のように書かれていた。

〈少しばかり留守にする。達者で暮らせよ――〉

少しばかりと書いてはあるが、もし本当にそうなら、わざわざこんなものを書いて寄《よ》越《こ》すはずがない。

もしかしたら、浮雲はもう二度と戻らないかもしれない。

そう思うと、いても立ってもいられず着の身着のまま、浮雲が根城にしている神社を目指して駆け出したのだ。

間に合わないかもしれない。だが、それでも、ひと目でいいので、浮雲に会いたかった。

走りながら、先日の蘆屋道雪との一件が思い返される。

浮雲は、蘆屋道雪と血縁関係にあるばかりか、皇族の血を引く身だった。驚きはあったが、今になって思えば、納得する部分が多々ある。

だから浮雲は、自らの名を名乗らなかった。赤い両眼を隠したのも、単に奇異の視線に晒されるからだけではなく、自らの素性を隠すという意味合いもあったのだろう。

自らの運命から逃れるように、江戸に流れついたのだ。

だが、今は京の都に向かおうとしているに違いない。おそらくは、自らの血の運命に決着を付けるために――。

できれば、浮雲に思いとどまって欲しかった。蘆屋道雪の誘いに乗って京の都に行くなど、みすみす罠《わな》に飛び込んで行くようなものだ。

何も、そんな危険を冒すことはない。江戸で、これまでのように暮らせばいい。

運命や血など忘れてしまえばいい。出自が何であれ、八十八にとって浮雲は、浮雲だ。今となっては、本当の名など知りたいとも思わない。

神社の鳥居のところに、人影があった。墨で眼が描かれた赤い布で両眼を覆い、金剛杖を突いて盲人のふりをしている浮雲だ。

今まさに旅に出ようとしている。

――間に合った。

「浮雲さん！」

「八か……」

振り返った浮雲が、やれやれという風に小さくため息を吐いた。

まるで、八十八が来ることを最初から分かっていたかのような反応だ。心なしか墨で描かれた眼が哀しげに見える。

「これ何ですか？」

八十八は、持っていた文をずいっと浮雲に突き付けた。

「見れば分かるだろ。書き置きだ」

「そうじゃなくて。どうして、こんな文だけで、何も言わずに行こうとしているのですか？」

八十八には、それが許せなかった。

せめてひと言、声をかけて欲しかった。こんな別れは受け容れられるはずがない。

「そう怒るな」

「怒りたくもなります。浮雲さんはどうか知りませんが、私は浮雲さんのことを友だと思っていました。それなのに……」

八十八は腹の底から、熱い感情が湧き上がり、思わず涙が零《こぼ》れそうになった。

「お前は、いい男だな」

浮雲はそう言うと、八十八の頭をぽんっと叩《たた》いた。

「茶化さないで下さい」

「茶化しちゃいねぇよ。おれは、思ったままを口にしたに過ぎない。おれも――八のことを、友だと思っていた」

「浮雲さん……」

「これからも、それは変わらん」

浮雲が、両眼を覆った赤い布を外し、にっと笑みを浮かべた。こんな穏やかな浮雲の笑みを見たのは、初めてかもしれない。

「しかし……」

「そんな顔をするな。文にも書いたが、少しばかり留守にするだけのことだ」

「帰って来るのですか？」

「おれはそのつもりだが迷惑か？」

「いえ」

「おれが帰って来るまでに、少しはいい絵を描けるようになっておけ」

「はい」

返事をしつつ、八十八の中で不安が膨らんだ。

本当に浮雲は帰って来るのだろうか？　仮に本人はそのつもりだったとしても、蘆屋道雪や、狩野遊山が、そうさせないかもしれない。

やはり、このまま行かせてはいけない気がした。

だが、いくら止めても浮雲は行くだろう。自らの血に流れる宿命と対峙《たいじ》するためにも、行かざるを得ないのだ。

ならば、せめて——。

「私も連れて行って下さい」

八十八は、そう懇願した。

浮雲が、この先どんな道を歩むのか、それを見届けたい。

「莫迦《ばか》を言うな」

「莫迦ではありません。私は真剣です」

「分かってるよ。八はいつだって真剣だ。常に真っ直ぐで、弱い癖に決して逃げない」

「私は……」

「初めて八に出会った頃、おれは、全てを捨てようと思っていた。運命から逃げて、名前も血も全部忘れて、ただ好きなように生きようと思っていた」

「そうだったんですか……」

「ああ。だが、お前に出会った。頼まれてもねぇのに、自分で厄介事を拾ってきては、他人のために必死になる」

「すみません……」

八十八は、いたたまれない気持ちになり顔を伏せた。

思えば、浮雲には迷惑をかけてばかりだった。自分では何もできない癖に、厄介事を拾ってきては浮雲に押しつけたのだ。

「謝ることじゃねぇ」

「え？」

「おれは、単に逃げていただけなのさ。だが、八を見ていて、ようやく覚悟が決まった。自分の血と向き合う覚悟だ」

「浮雲さん……」

「最初の事件のとき、お前は真っ直ぐ向き合っただろ。だから、おれもそれを見倣《みなら》うことにした」

忘れもしない。浮雲と最初に解決した事件――。

あのとき、八十八は自分の両親が本当は誰だったのかを知った。謂《い》わば、血の宿命と向き合った事件でもあった。

もし、浮雲がそんな風に思ってくれたのなら嬉しい。

「でしたら、尚《なお》のこと私も一緒に行きます」

「駄目だ」

「どうしてです?」

「武家の小娘はどうするつもりだ?」

「それは……」

すぐに言葉を継ぐことができなかった。

浮雲について行くということは、伊織を置いて行くということだ。説明すれば、伊織は分かってくれるかもしれない。だが――。

「八には、八の道がある。しばらく会えないだけだ」

「本当に帰って来ますか？」

八十八の問いに、浮雲は答えなかった。

赤い瞳で、すっと空を見上げた。

小さな雲が、青い空を音もなく流れていた――。

口には出さずとも、心のどこかで、戻れないかもしれない――という思いがあるのだろう。こんな状態では、やはり浮雲を行かせられない。

八十八が、浮雲の着物の袖を掴もうとしたとき、割り込むように一人の男が姿を現わした。

「安心して下さい。この男は、私が責任を持って連れ帰ります」

土方歳三だった――。

「土方さんも、一緒に行くのですか？」

「ええ。そのつもりです」

にっと笑う土方の顔を見て、少しだけ気が楽になった。

土方が一緒なのであれば、浮雲をもう一度、江戸に連れ戻してくれそうな気がする。

「どうして、お前まで行くんだ」

浮雲は嫌そうに口にするが、土方はお構いなしだった。

「いいではありませんか。私も京に用事があるのです。それに、一人より二人の方が、何かと都合がいいでしょ」

「どうせなら女がいい」

「あなたについて行くような、殊勝な女がいると思っているのですか？」

「何だと！　女などいくらでもついて来る。何なら、今から呼んでやろうか」

「姉さんは止めて下さいね」

八十八は、二人の言い争いに割って入った。

あながち冗談ではない。姉のお小夜は、浮雲を好いている。言えば、一緒に行くと言い出しかねない。

「分かってる。心配するな。まあ、連れては行かないが、帰って来たあとどうなるかは、約束できん」

浮雲がにやりと笑う。

下心しか感じられないが、浮雲なりの照れ隠しのように思えた。

「帰って来たときは、姉さんの気持ちに応えてやって下さい」

「言うようになった」

「そうですか？」

どちらからともなく、笑いが漏れた。

何がおかしいのかよく分からないが、二人で声を上げて笑った。

「そろそろ行きましょう」

ひとしきり笑ったところで、土方が促すように言うと、浮雲が「おう」と応じる。

「どうかご無事で」

八十八が声をかけると、浮雲が軽く手を挙げた。

そのまま浮雲と土方は、散歩にでも出かけるような気軽さで歩いて行く。

今生《こんじょう》の別れではない。必ず浮雲たちは戻って来る——そう強く念じたはずなのに、どういうわけか涙が零れ落ちた。

そんな八十八を慰めるように、黒猫が足にすり寄って来た。八十八は、その姿を見て気持ちを切り替え、涙を拭った。

きっとまた会える。その日までに、絵の腕を磨き、浮雲を驚かせてやろう。

八十八は、遠ざかる二人の背中に向かって大きく手を振った。

あとがき

『浮雲心霊奇譚　血縁《けつえん》の理《ことわり》』を読んで頂き、ありがとうございます。

ここまでシリーズを重ねることができたのは、一重に応援して下さった皆様のお陰です。この場を借りて、改めてお礼申し上げます。

本当にありがとうございます――。

※ここからはネタバレを含みますので、本編読了後にお読み下さい。

読んで頂いた方はお分かりだと思いますが、本作のラストで、浮雲は八十八に別れを告げ、土方歳三と共に京の都に向かうという選択をしました。

しかし、シリーズはこれで完結ではありません。この流れは、シリーズ立ち上げ当初から構想していたことでした。

次巻からは京の都に向かう道中を描いた「旅情編」に移行します。

八十八との出会いを通して、自らの運命と向き合う決心を固めた浮雲が、激動の時代の中で、何を感じ、何を見るのか？　それは、まだ私自身も分かりません。

土方も一緒なのですから、一筋縄では行かないのは確かでしょう。

願わくば、新たな展開を迎えた「浮雲心霊奇譚」を、これまでと同様に楽しんで頂ければ幸いです。

果たして、次巻はどんな物語になるのか？

浮雲と土方の運命はいかに？

待て！　しかして期待せよ！

天然理心流心武館館長、大塚篤氏には
取材に全面的に協力いただき、大変お世話になりました。
この場を借りて、お礼を申し上げます。

神永学

初出誌「小説すばる」
「御霊の理」二〇一九年三月号
「コトリの理　前編」二〇一九年六月号
「コトリの理　後編」二〇一九年九月号
「血縁の理」二〇一九年十二月号

本書は、二〇二〇年二月、集英社より刊行されました。

集英社文庫　神永学の本

浮雲心霊奇譚
菩薩の理

赤子の霊におびえる男の依頼を受けた浮雲。
怪異には、男が旅人から預かった
黄金の菩薩像が関係しているようで……。
無敵の少年剣士・沖田宗次郎が登場！
尊皇攘夷の気運高まる江戸で、
浮雲が謎を解き明かす。シリーズ第３弾！

集 英 社 文 庫　神 永 学 の 本

浮雲心霊奇譚
呪術師の宴

武家屋敷に招かれた浮雲と八十八。
山伏、巫女、傀儡師ら、幾人もの
霊媒師が集められ、除霊を依頼される。
しかし一人、また一人と死者が……。
近藤勇、土方歳三、沖田宗次郎も活躍!
シリーズ初の長編!

集英社文庫

浮雲心霊奇譚《うきくもしんれいきたん》 血縁《けつえん》の理《ことわり》

2022年3月25日　第1刷　　定価はカバーに表示してあります。

著　者　神永《かみなが》　学《まなぶ》

発行者　徳永　真

発行所　株式会社　集英社
東京都千代田区一ツ橋2-5-10　〒101-8050
電話　【編集部】03-3230-6095
【読者係】03-3230-6080
【販売部】03-3230-6393（書店専用）

印　刷　凸版印刷株式会社

製　本　加藤製本株式会社

フォーマットデザイン　アリヤマデザインストア　　マークデザイン　居山浩二

ISBN978-4-08-744360-8 C0193